奎文萃珍

綉襦記

[明]佚名 撰

文物出版社

圖書在版編目（CIP）數據

繡襦記 / (明) 佚名撰. -- 北京 : 文物出版社, 2022.6
（奎文萃珍 / 鄧占平主編）
ISBN 978-7-5010-7415-0

Ⅰ. ①繡… Ⅱ. ①佚… Ⅲ. ①傳奇劇(戲曲) – 劇本 – 中國 – 明代 Ⅳ. ①I237.2

中國版本圖書館CIP數據核字(2022)第022117號

奎文萃珍

繡襦記 〔明〕佚名 撰

主　　編：鄧占平
策　　劃：尚論聰　楊麗麗
責任編輯：李子裔
責任印製：張　麗

出版發行：文物出版社
社　　址：北京市東直門内北小街2號樓
郵　　編：100007
網　　址：http://www.wenwu.com
郵　　箱：web@wenwu.com
經　　銷：新華書店
印　　刷：藝堂印刷（天津）有限公司
開　　本：710mm×1000mm　1/16
印　　張：22
版　　次：2022年6月第1版
印　　次：2022年6月第1次印刷
書　　號：ISBN 978-7-5010-7415-0
定　　價：130.00圓

序言

《綉襦記》四卷，不著撰者名氏。明末刻朱墨套印本。明代傳奇劇本。

關于此劇的作者，各家著録不一，且均有相關材料爲據。一説鄭若庸作，明沈德符《萬曆野獲編》卷二十五云：『鄭（若庸）工填詞，所著《綉襦》《玉玦》諸記。及小令大套，俱行于世。』然沈氏在同書同卷又云：『予最愛《綉襦記》中「鵝毛雪」一折，皆乞兒家常口頭話，熔鑄渾成，……予謂此必元人筆，非鄭虚舟（虚舟爲鄭若庸號）所能辦也。』似又否定己説。一説薛近兖作，出自清朱彝尊《静志居詩話》卷十四，云：『中伯（鄭若庸字）曳裾王門，妙擅樂府，嘗填《玉玦詞》以訕院妓，……群妓患之，乃醵金數百行薛生近兖作《綉襦記》以雪之。』朱氏之説，近于傳聞，殆不可信。一説徐霖作，明周暉《金陵瑣事》卷二：『徐霖少年數游狹斜，所填南北詞大有才情，語語入律，娼家皆崇奉之。……餘所見戲文《綉襦》……數種行于世。』此説似可信，惜爲孤證。明吕天成《曲品》卷下將其歸于無名氏作品。祁彪佳《遠山堂曲品》亦屬無名氏。今人郭英德《明清傳奇綜録》言：『今存《綉襦記》諸刻本，結構整飭，曲詞典雅，音律協諧，似非化、治間人所能辦，或爲萬曆間人之改編本，故依吕氏、祁氏之説，屬之萬曆間無名氏。』

此劇據唐人白行簡小説《李娃傳》改編。述唐代常州刺史鄭北海之子元和進京應試，偶遇名妓李亞仙，兩人一見鍾情，定下情約。元和遂移居李宅，朝夕相處，不逾年而錢財耗盡。鴇母設計讓元和偕亞仙移居别處，再詐稱母病迎回亞仙。元和被逐流落街頭，專以爲人送殯唱挽歌爲生。會元和之父入京述職，見元和雜于下流人中，怒其辱没家門，將其痛毆幾死，弃于荒野，幸爲卑田院甲長救醒。甲長教元和唱蓮花落，求乞爲生。亞仙因思念元和，拒不接客。歲末嚴寒，元和冒雪乞食，偶爲亞仙侍女銀箏所識，亞仙出門急脱綉襦裹緊元和，并將之扶入屋内。鴇母欲再次逐出元和，亞仙以死相抗，并傾資贖身，另賃别院伴元和讀書。元和疲而欲睡，亞仙自剔一目以激勵之。元和感動，發奮苦讀，終于高中狀元，授成都參軍，攜亞仙同行。適其父北海升任成都府尹，路過劍門，父子相逢于成都驛。鄭北海深感亞仙貞節，聘亞仙爲媳，父子、翁媳盡釋前嫌，闔家團圓。亞仙受封汧國夫人。

《綉襦記》故事跌宕起伏，人物形象生動，情感細膩，曲辭精彩。《曲品》評云：『此作照汧國夫人本傳而譜之者，情節亦新，詞多可觀。』沈德符《顧曲雜言》評云：『《綉襦記》中「鵝毛雪」一折，皆以乞兒家常口頭話，熔鑄渾成，不見斧鑿痕迹，可與古詩《孔雀東南飛》《唧唧復唧唧》并驅。』鄭振鐸《中國文學簡史》評曰：『（《綉襦記》）實爲罕見的巨作，豔而不流于膩，質而不入于野，正是恰到濃淡深淺的好處。這裏并没有刀兵逃亡之事，只是反反復復地寫痴兒少女的眷戀與遭遇，却是那樣地動人。觸手有若天鵝絨的溫軟，入目有若蜀錦般的斑斕炫人。像《鬻賣來興》《慈母感念》《襦護郎寒》《剔目勸學》等出，皆爲絶妙好辭，固不僅《蓮花落》一歌，被評者嘆爲絶作。』

此本未見刻書牌記及序跋等，按其版刻風格，應爲吴興閔、凌刻本。鄭振鐸《插圖本中國文學史》、莊一拂《古典戲曲存目彙考》均著録爲凌氏刻本。俟考。卷前附《汧國夫人傳》（即《李娃傳》），并版畫十六幅。版畫注重景物的鋪陳，繪刻精麗，意境深遠，爲明末吴興版畫風格。

《綉襦記》另有明萬曆間刻本《寶晋齋綉襦記》，明萬曆間蕭騰鴻刻本《陳眉公批評綉襦記》，明末毛氏汲古閣原刻初印本，汲古閣刻《六十種曲》本，清康熙五十九年（一七二〇）沈氏咏風堂抄本，均二卷。

編者

二〇二二年三月

汧國夫人傳

汧國夫人李娃長安之妓女也節行瓌奇有足稱述天寶中有常州刺史滎陽公者畧其名氏不書時望甚崇家徒甚殷知命之年有一子始弱冠雋郎有詞藻迥然不羣深爲時輩推服其父愛而器之曰此吾家千里駒也應鄉試秀才舉將行乃盛其服玩車馬之飾計其京師薪儲之費謂之曰吾觀爾之才當一戰而覇今備二

載之用且豐爾之給將爲其志也生亦自負視一第如指掌自毗陵發月餘抵長安居於布政里常游東市還自平康東門入將訪友於西南至鳴珂曲見一宅門庭不甚廣而室宇嚴邃闔一扉有娃方憑一雙鬟青衣而立妖姿嬌妙絕代未有生忽見之不覺停驂久之徘徊不能去乃詐墜鞭於地候其從者勑取之累眄於娃娃廻眸凝睇情甚相慕竟未敢措詞而去生自爾

画出從前許多光景

意若有失乃密徵其友游長安之熟者以訊之友曰此狎邪女李氏宅也曰娃可求乎曰李氏頗贍前與之通者多貴戚豪族所得甚廣非累百萬不能動其心也生曰苟患其不諧雖百萬何惜他日乃潔其衣服盛賓從而往叩其門俄有侍兒啟扃生曰此誰之第耶侍兒不荅馳走大呼曰前時遺策郎也娃大悅曰爾姑止之吾當整粧易服而出生聞之私喜乃引至蕭墻間

第八圖

見一姥垂白上拔、卽娃母也、生跪拜前致詞曰、聞茲地有隙院、願稅以居、信乎、姥曰、懼其淺陋湫隘、不足以辱長者所處、安敢言直耶、延生於遲賓之館、館宇甚麗、與生偶坐、因曰、某有女嬌小、妓藝薄劣、欣見賓客、願將見之、乃命娃出、明眸皓腕、舉步豔異、生遽驚起、莫敢仰視、與之拜迎、敘寒燠、觸類妍媚、目所未睹、復坐烹茶斟酒、器用甚潔、久之日暮、鼓聲四動、姥訪其居遠近、鼓已發矣生紿之曰在延平門外數里冀其遠而見留也姥曰當速歸無犯禁生曰幸接歡笑不知日之云夕道里遼濶城內又無親戚將若之何娃曰不見責僻陋方將居之宿何害焉生數目姥姥曰唯唯生乃召其家僮持雙縑請以備一宵之饌娃笑而止之曰賓主之儀且不然也今夕之費願以貧窶之家隨其麤糲以進之其餘以俟地辰固辭終不許俄徙坐于西堂帷

知趣乎要錢乎

幙簾榻煥然奪目粧奩衾枕悉皆侈麗乃張燭進饌品味甚盛徹饌姥起生娃談話方切美詼諧調笑無所不至生曰前偶過門遇卿適在屏間厥後心常動念雖寢與食未嘗或捨娃曰我心亦如之生曰今之來非直求居而已願償平生之志但未知命也若何言未終姥至詰其故具以告姥笑曰男女之際大慾存焉情茍相得雖父母之命不能止也女子固陋曷足以薦君

此段則以李娃合計矣不近情事

子之枕席生遽下階拜而謝焉曰願以已爲厮養姥遂目之爲郎飲酣而散及旦盡徙其囊槖因家於李之第自是生屏跡戢身不復與親知相聞日會其倡優儕類嬉戲游宴囊中盡空乃鬻駿馬及其家僮歲餘資財僕馬蕩盡爾來姥意漸怠妓情彌篤他日娃謂生曰與郎相知一年無孕嗣常聞竹林神者報應如響將致薦酹求之可乎生不之悟大喜乃質衣於肆以備牢

醴、與娃同謁祠宇而禱祝焉、信宿而返、策驢而
後至里北門、娃謂生曰、此東轉小曲中、某之姨
宅也、將憇而覲之可乎、生如其言、前行不踰百
步果見一車門、窺其際甚弘敞、其青衣自車後
止之曰至矣、生下適有一人出訪曰誰也、曰李
娃也、乃入告、我有一嫗至年可四十餘與之將
迎曰、吾甥來否、娃下車、嫗迎訪之曰、何久疎絕、
相視而笑、娃引生拜之、既見遂偕入西戟門偏

叙處太煩便非高手

院中有山亭竹樹葱蒨池榭幽絕生謂娃曰此姨之私第耶笑而不答以他語對俄獻茶果甚珍奇食頃有一人控大宛汗馬流馳至曰姥遇暴疾頗甚殆不識人宜速歸娃謂姨曰方寸亂矣某騎而前去當令返乘姨與郎偕來生擬隨之其姨與侍兒偶語一手揮之令生止於戶外曰姥且歿矣當與某議喪事以濟其急奈何遽相隨而去乃止共計其凶儀齋祭之用日晚乘

摧頹如見
窮途眞景

不至、姨曰、無復命何也、郎驟往覘之、其當繼至、生遽往至舊宅、門扃鑰甚密、以泥緘之、生大駭、詰其鄰人、鄰人曰、李本稅此而居、約已周矣、第主自收、姥徙居而且再宿矣、徵徙何處、曰不詳其所、生將馳赴宣陽、以詰其姨、日已晚矣、計程不能達、乃弛其裝服、質饌而食、賃榻而寢、生恚怒方甚、自昏達旦、目不交睫、質明乃策蹇而去、既至、連叩其扉、食頃無人應、生大呼數四、有宦者徐出、生遽訪之曰、姨氏在乎、曰無之、生曰昨暮至此何故匿之、訪其誰氏之第、曰此崔尚書宅、昨有一人稅此院云逢中表之遠至者、未暮去矣、生惶惑發狂、罔知所措、因返訪布政舊邸、邸主哀而進膳、生怨懣絕食三日、遘癘甚篤、旬餘逾甚、邸主懼其不起、徙之於凶肆中綿綴、移時闔肆之人共傷嘆而互飼之、後稍愈杖而能起、繇是凶肆多日假之令執繐帷、獲其直以自給、累月漸復壯、每聽其哀歌、每嘆不及、逝者輒嗚咽流涕、不能自止、歸則效之、生聰敏者也、無何曲盡其妙、雖長安無有倫比初二肆之傭凶器者、互爭勝負、其東肆車輿皆奇麗、殆不敵、唯哀挽劣焉、其東肆長知生絕妙、廼醵錢二萬索顧焉其黨耆舊共較其所能者、陰教生新聲而相讚和、累旬人莫知之、其二肆長相謂曰、我欲各閱所傭之器於天門街較優劣、其不勝者罰

此段如画

直五萬以備酒饌之用可乎二肆許諾乃要立符契署以保證然後閱之士女大和會聚至數萬於是里胥告於賊曹賊曹聞於京尹四方之士盡赴趨焉巷無居人自旦閱之及亭午歷抵輿輦威儀之具西肆皆不勝師有慚色遁置層榻於南隅有長髯者擁鐸而進翊衛數人於是奮髯揚眉扼腕頓顙而登歌乃白馬之詞恃其夙勝顧盼左右傍若無人齊聲讚揚之自以爲

獨步一時不可得而屈也有頃東肆長於北隅
上設連榻有烏巾少年左右五六人秉翣而至
即生也整其衣服俯仰甚徐申喉發調容若不
勝乃歌薤露之章舉聲清越響振林木曲度未
終聞者歔欷掩泣西肆長爲衆所誚益慚恥密
置所輸之直於前乃潛遁焉四座愕眙莫之測
也先是天子方下詔俾外方之牧歲一至闕下
謂之入計時適遇生之父在京師與同列者易

服章竊往觀焉有老豎卽生乳母壻也見生之舉措辭氣將認之而未敢乃泫然流涕生父驚而詰之因告曰歌者之貌酷似郎之亡子父曰吾子以多財爲盜所害奚至是耶言訖亦泣及歸豎問馳往訪於同黨曰向歌者誰若斯之妙與皆曰某氏之子徵其名且易之矣豎懍然大驚徐徐迫而察之生見豎色動廻翔將匿於衆中豎遽持其袂曰豈非某乎相持而泣遂載以

歸、至其室、父責曰、志行若此、汙辱吾門、何施面目、復相見也、迺徒行出至曲江西杏園東、去其衣服、以馬棰鞭之數百、生不勝其苦而斃、父棄之而去、其師命相狎暱者、陰隨之、歸告同黨、共加傷歎、令二人齎葦蓆瘗焉、至則心下微溫、舉之良久氣稍通、因共荷而歸、以葦筒灌勺飲、經宿乃活、月餘手足不能自舉、其楚撻之處、皆潰爛穢甚、同輩患之、一夕棄於道、周行者咸傷之、

悄遇巧

往往投其餘食得以充腸十旬方杖策而起披布裘裘有百結褸褸如懸鶉持一破甌巡於閭里以乞食爲事自秋徂冬夜入於糞壤窟室晝則周游鄽肆一日天雪生爲凍餒所驅冒雪而出乞食之聲甚苦聞見者莫不悽惻時雪方甚人家外戶多不發至安邑東門循理垣北轉第七八有一門獨啟左扉卽娃之第也生不知之偶連聲疾呼饑凍之甚音響悽切所不忍聽娃

良言堪聽
發于由衷

自閤中聞之、謂侍兒曰、此必生也、我辨其音矣、連步而出、見生枯瘠疥癘、殆非人狀、娃意感焉、乃謂曰、豈非某郎耶、生憤懣絕倒、口不能言、頷頤而已、娃前抱其頸、以繡襦擁而歸於西廂、失聲長慟曰、令子一朝及此、我之罪也、蘇而復絕、姥大駭奔至曰、何也、娃曰某郎、姥遽曰、當逐之、奈何容至此、娃斂容却睇曰不然此良家子也當昔驅高車持金裝至某之室不踰朞而蕩盡

大識見大主張何媲洴國夫人

且互設詭計捨而逐之殆非人行令其失志不得齒於人倫父子之道天性也使其情絕殺而棄之又困躓若此天下之人盡知為某也生親戚滿朝一旦當權者熟察其本末禍將及矣況欺天負人鬼神不佑徒自遺其殃耳某為姥子迨今有二十歲矣計其貲不啻直千金今姥年六十餘願計二十年衣食之用以贖身當與此子別卜所詣所詣非遥晨昏得以溫清其願足

矣。姥度其志不可奪也、因許之、給姥之餘、有百
金、離北隅四五家稅一隙院、乃與生沐浴、易其
衣服、爲湯粥通其腸、次以酥乳潤其臟、旬餘方
薦水陸之饌、頭巾履襪、皆取珍異者衣之、未數
月、肌膚稍腴、卒歲平愈如初、異時娃謂生曰、體
已康矣、志已壯矣、淵思寂慮、默想曩昔之藝業、
可、溫習乎、生思之曰、十得二三耳、娃命車出游、
生騎而從、至旗亭南偏門鬻墳典之肆、令生揀

石書之言超越尋常

而市之、計費百金、盡載以歸、因令生斥棄百慮以志學、俾夜作晝、孜孜矻矻、娃常偶坐宵分乃寐、伺其疲倦、卽諭之綴詩賦、一歲而業大就、海内文籍、莫不該覽、生謂娃曰、可策名試藝矣、娃曰未也、且令精熟、以俟百戰、更一年曰、可行矣、於是遂上、一登甲科、聲振禮闈、雖前輩見其文、罔不斂衽喜躍、願友之而不得、娃曰未也、令秀士苟得一科擢一第則自謂可以取中朝之顯職擅天下之美名汙行穢跡鄙不侔於他士當礱淬利器以求再捷方可以連行多士爭霸羣英繇是益自勤苦、聲價彌甚、其年遇大比、詔徵四方之雋、生應直言極諫策科名第一、授成都府參軍、三事以降皆其友也、將之官、娃謂生曰、今之復子本軀妾亦不相負也願以殘年歸養老母君當結媛鼎族以奉蒸嘗中外婚媾無自黷也勉思自愛妾從此去矣生泣曰、子若棄我、

當自刎以就死、娃固辭不從、生勤請彌懇、娃曰
送子涉江、至於劍門、當令我廻、生許諾、月餘至
劍門、未及發而檄書至、生父由常州詔入拜成
都尹兼劍南採訪使、浹辰父到、生因投刺謁於
郵亭、其父不敢認、見其祖父官諱、方大驚、命登
階、撫背慟哭、移時曰、吾與爾父子如初、因詰其
由、具陳其本末、大奇之、詰娃安在、曰送某至此、
當令復還、父曰不可、翼日命駕與生先之成都、

留娃於劍門、築別館以處之、明日命媒氏通二姓之好、備六禮以迎之、遂如秦晉之偶、娃既備禮、歲時伏臘、婦道甚脩、治家嚴整、極爲親所眷、向後數歲、生父母偕殁、與娃持孝甚、至有靈芝產於倚廬、一穗三秀、本道上聞、又有白燕數十、巢其層甍、天子異之、寵錫加等、終制累遷清顯之任、十年間至數郡、娃封汧國夫人、有四子皆爲大官、其卑者猶爲太原尹、弟兄姻媾皆甲門、内外隆盛、莫之與京、嗟乎、倡蕩之姬、節行如此、雖古先烈女、不能踰也、焉得不爲之嘆息哉、余伯祖嘗牧晋州、轉戸部爲水陸運使、三任皆與生爲代、故諳詳其事、貞元中、余與隴西李公佐話婦人操烈之品格、因遂述汧國之事、公佐撫掌嘆聽、命余爲傳、乃握管濡翰、疏而存之、時乙亥歲秋八月太原白行簡云

繡襦記目錄

第二十四齣　逼娃逢迎

第二十五齣　責善則離

第二十六齣　卑田捄養

第二十七齣　孤鸞罷舞

第二十八齣　教唱蓮花

第二十九齣　聞信增思

第三十齣　慈母感念

第三十一齣　襦護郎寒

第四十齣　幇官重媒

第四十一齣　洴國流馨

正學求名

繡襦圖

裝唯路月

三五

二

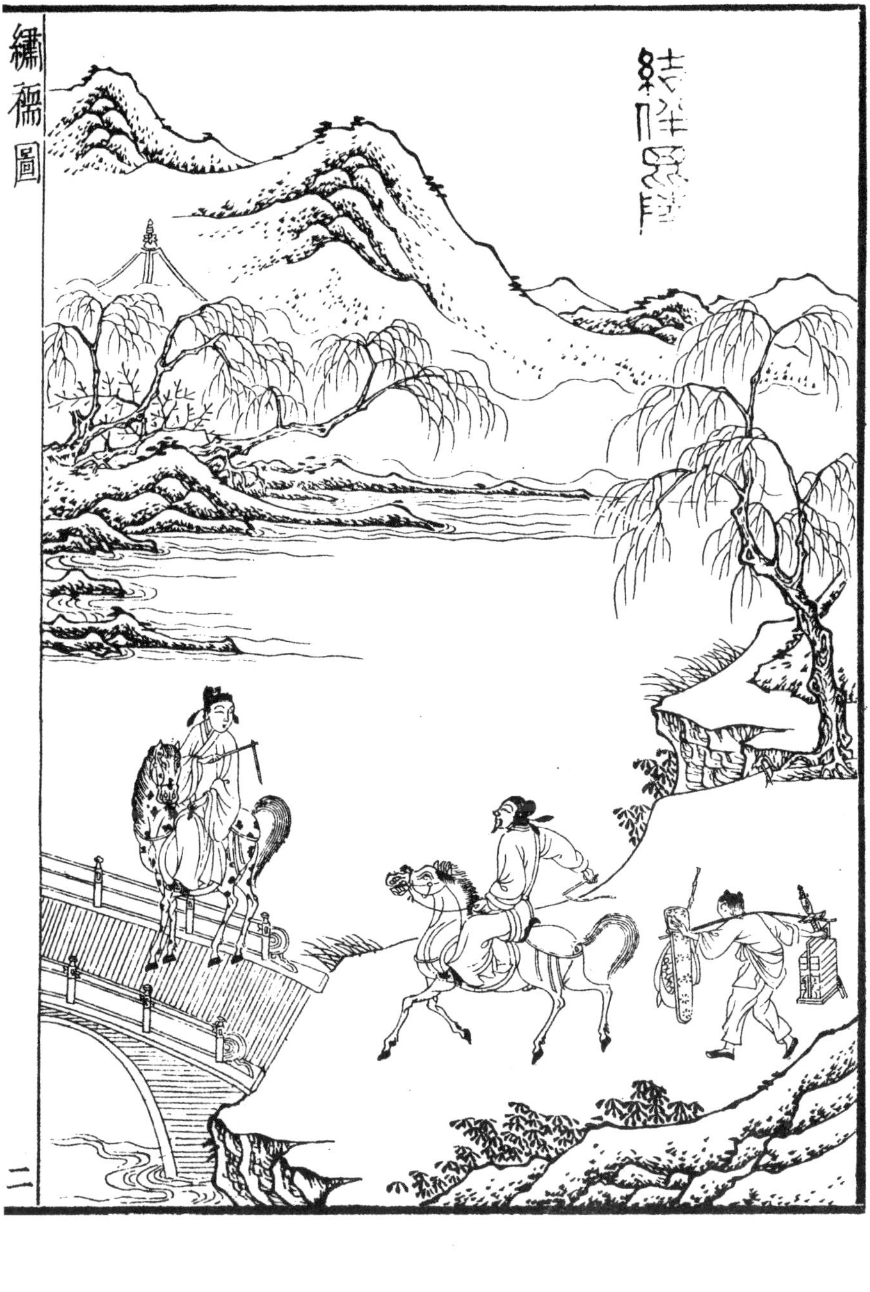

編襦圖

米芾畫像

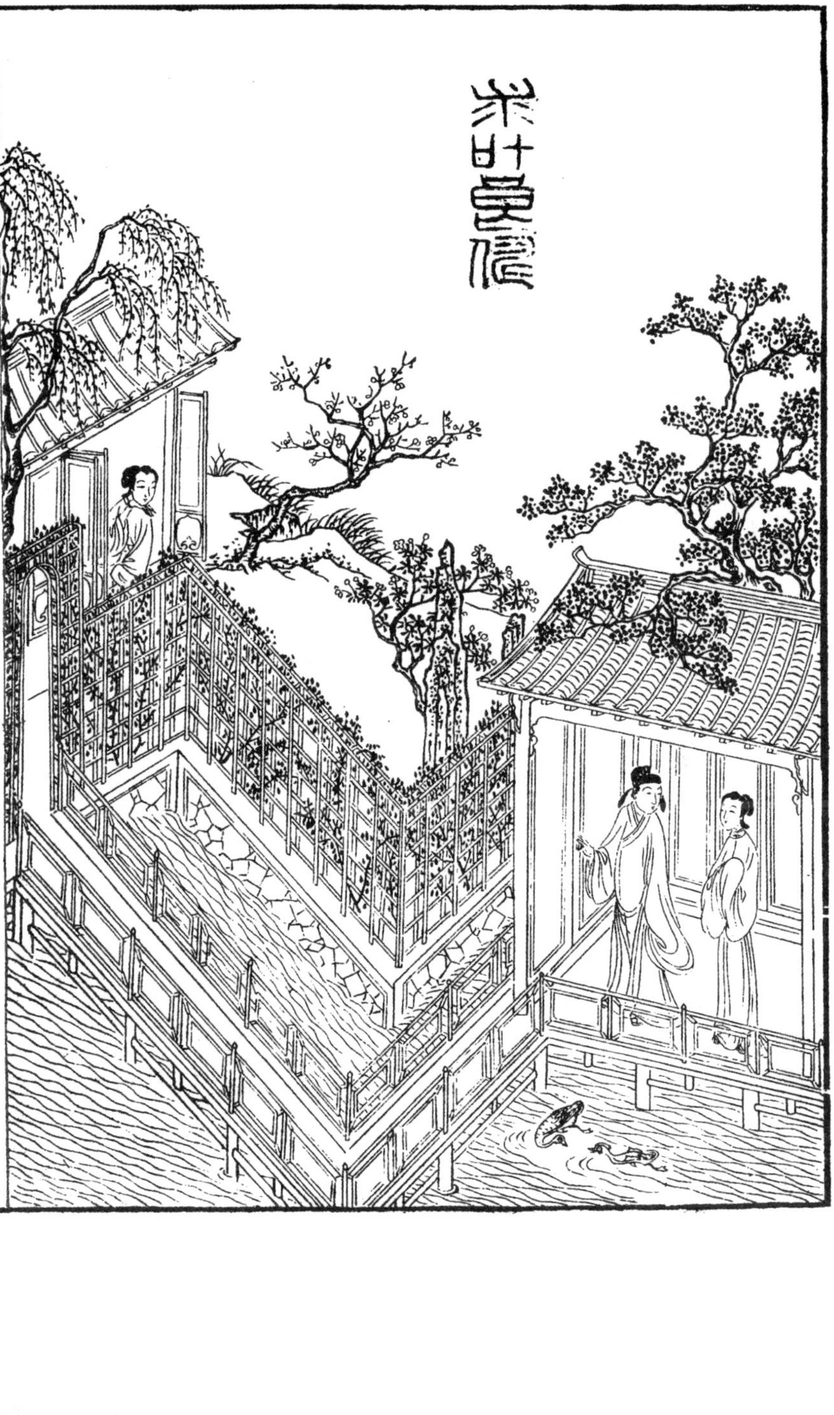

鳴珂嘲宴

繡襦圖

四

繡襦圖
五

儒護堂圖書

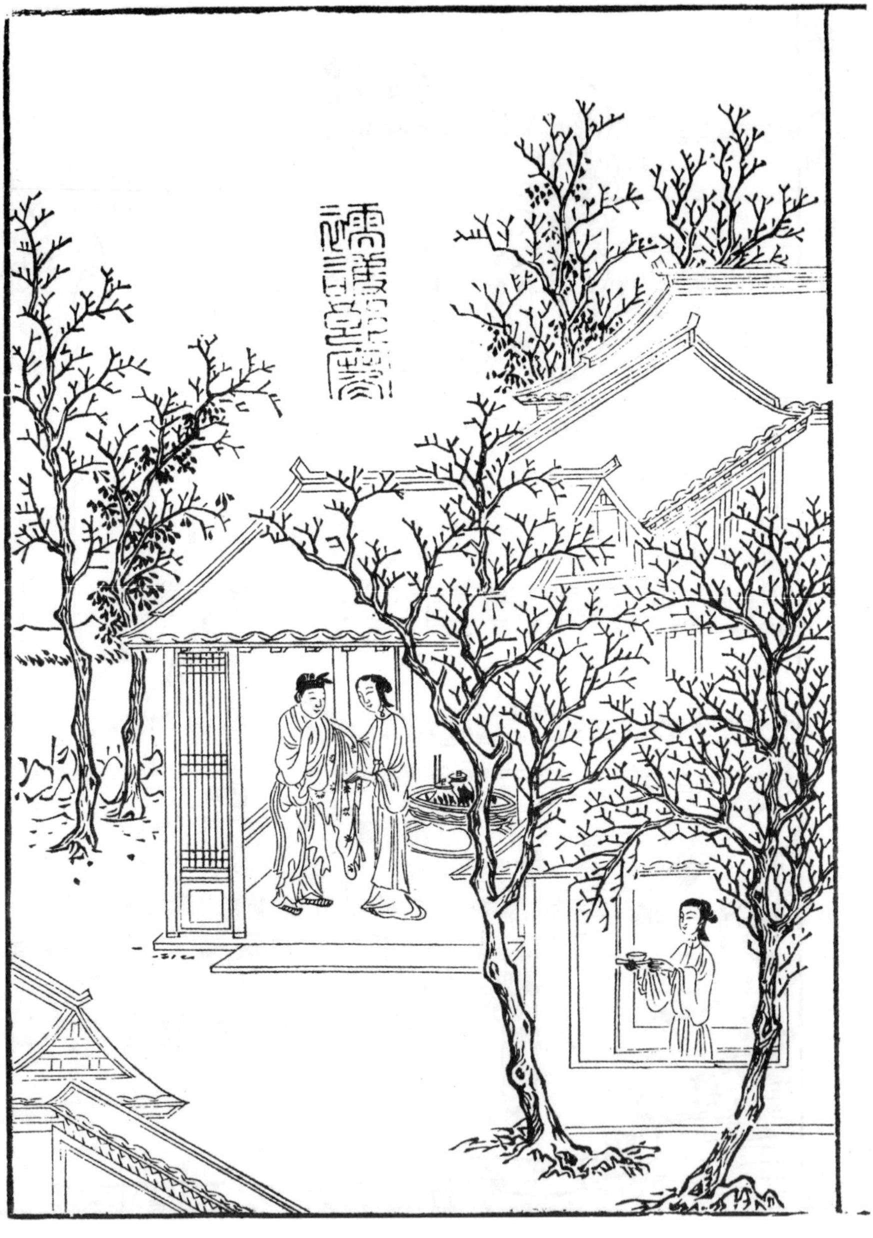

繡襦圖

七

策射集元

栖鳳山閣

四八

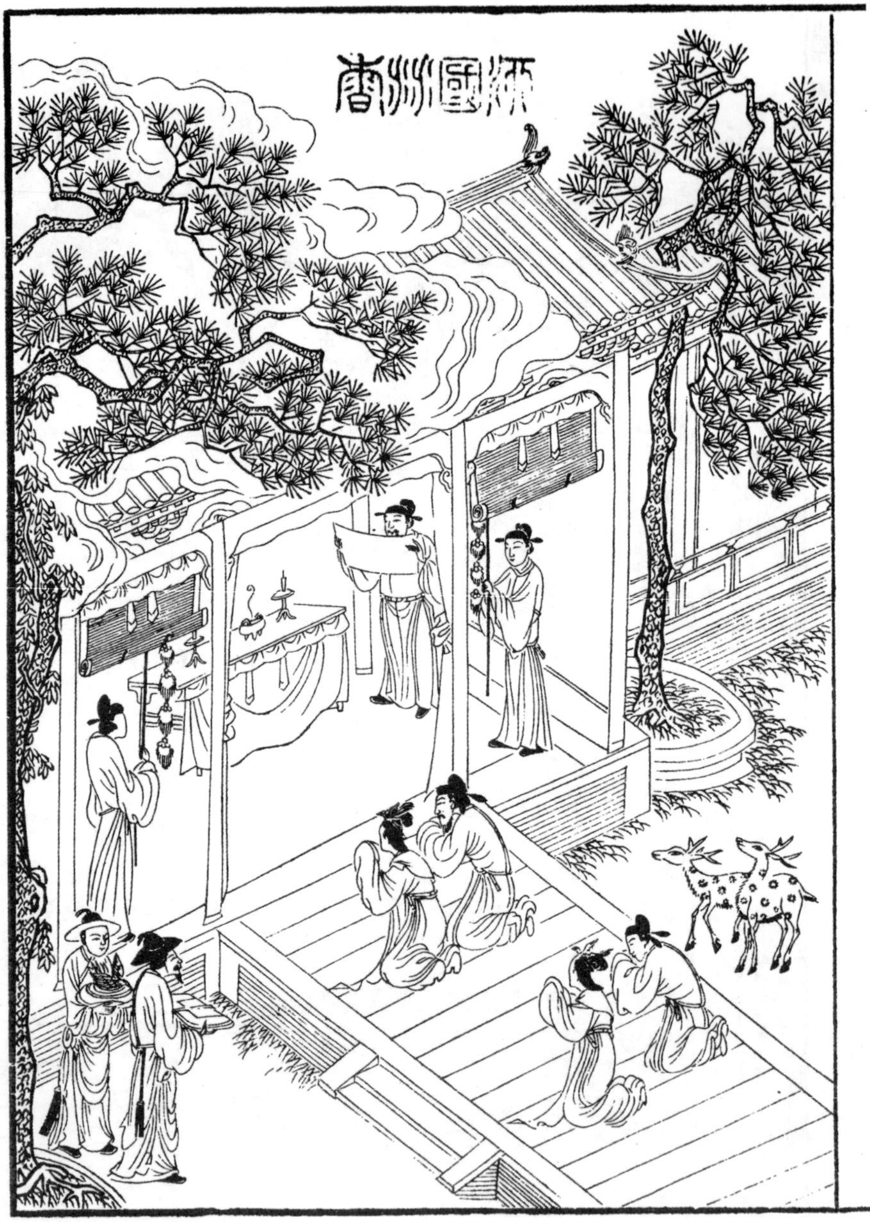

不即不離鏡花水月

繡襦記卷一

第一齣　傳奇綱領

末上

鳳凰閣　嗟蝶夢香沉、渾如翠幄迷酣、一片桃花蔓、可恨狂風妬雨、忒煞情薄、盡把韶華送却、楊花無奈、是處穿簾透幙、豈知人意正蕭索、傷心也、這般愁沒處安脚、桂子黃時蓮花落、

問內科　後房子弟、今日演甚庅傳奇、內應科　鄭元和李亞仙繡襦記、末　待小子點綴幾句、

便見全傳、

沁園春

鄭子元和、滎陽人氏、雋朗超羣、應長安鄉試、李娃眷戀、追歡買笑、暮雨朝雲、忽爾囊空、李娘計遣、路賺東西、怨、莫伸、遭磨折、幾生幾喪、進退無門、貧寒徹骨傷神、嘆饑吻號猿衣結鶉、幸逢娃痛惜、繡襦護體、乳酥滋胃、復振精神、剔目勸學登科、參軍之任、父子萍逢訴此因、行婚禮、重諧伉儷、天寵沐殊恩、

鄭元和長安鄉試　賈二媽竹林投計
樂道德郵亭執伐　李亞仙劒門匹配

第二齣　正學求君　外上

【滿庭芳】學冠天人望隆山斗蟬聯簪組傳芳官居刺史風化重綱常所喜民安物阜聽絃歌盈耳洋洋攄忠藎每慚尸素竭悃報君王

專城千里保無危撫字黔黎得所宜訟簡化行無個事自公退食儘委蛇下官姓鄭名儋

清雋不俗

乃桓公之後家世累振於滎陽時望頗崇於朝野官居刺史任蒞常州夫人虞氏相夫有雎鳩之風孩兒元和肖父無豚犬之誚今年正當大比欲着孩兒應試未知夫人意下如何言之未盡夫人已來【貼上】

【菊花新】牙籤萬軸遶芸窗教子須知有義方丹桂孕天香早趂涼飈飄蕩

【相見科】【外】夫人孩兒年已長成學問亦已充

足、今當大比、欲着他去科舉、你意下如何、[貼]相公、自古道幼而學、壯而行、孩兒學業既優、正該着他去、倘得一官半職、也顯平昔訓子之功、[外]夫人、言之有理、且喚來興出來、試問孩兒近日立志若何、以決行止、來興那裡、[丑]洗硯魚吞墨、烹茶鶴避烟、來興叩頭、[外]我且問你、大相公近日在學中勤惰如何、[丑云]大相公一向奮志雲程鶚薦、埋頭雪案螢窗、手不釋卷、口不絕吟、筆落驚風雨、詩成泣鬼神、文章光焰、度量汪洋、【外】我要着他去科舉、可去得玄、【丑】大相公要去科舉、必定是禹門三汲浪、平地一聲雷、【外】你去請大相公出來、【丑】

【請科】【生上】

【前腔】儒家樹德有餘芳、一脈書香後胤昌。庭訓。敢遺忘、學禮學詩爲上、

【見科】【外】孩兒讀書學問、本欲開心明物、不可

語近腐然庭訓不妨如是

不務實學，惟事虛文，不宜徒恃能文，而淩忽長者，有一於此，是自淪於不肖，焉能有成，切不可如此。【生】請問爹爹，古今之學，何爲賢不肖。【外】

【榴花泣】論古之學者，所學甚精詳，知本末，重綱常，彬彬文質，好行藏，看先行孝弟，餘力學文章，我兒晨昏激昂，務乾乾惕勵，心收放，效先賢入室升堂，淑諸人鑿壁懸梁。【貼】

[前腔]嘗聞得從來白屋出朝郎、榮妻顯祖名揚、汝當勵志繼書香、早把皇猷黼黻、步武位岩廊、[生]嘉言敢忘、喜青雲有路、終須上鳳凰雛準擬朝陽、烏鵲情、恐終難養、

[末上]自家喚名宗祿、乃鄭相公乳母之婿、有事走報、已到衙門、不免徑入、宗祿叩頭、[外]咊、宗祿你在家管事、爲何來此、[末]今朝廷開科取士、本府把大相公名字申報京兆尹去了、

自來催促起程小人特來報知【外】夫人可喜可喜我正要着他去科舉本府已將孩兒名字申報去了【貼】相公孩兒學問雖是有成只是途路風霜不慣得一人倍伴他去纔好【外】夫人這個容易此間學中有科舉的秀才待我聘一人與孩兒同去【貼】此間秀才與滎陽氣習不同恐不相契合【末】稟老爹滎陽三家村有個儒士姓樂名道德屢利科舉京都慣

來興言亦不凡

熟、若請此人陪去到好、[外]這三家村、是個小去處、怎麽有好人、不可去請他、[丑]老爹、十室之邑、必有忠信之人、三家之村、豈無文學之士、[貼]相公、宗祿既認得他、可着來興去請、就訪他抱負如何、果有學行、央他同孩兒去也罷、[外]來興、你去請樂秀才、務要訪他抱負何如、果有學行、就請到毘陵驛前登舟、宗祿你可收拾行李盤費、伺候大相公起程、[末]不知

收拾何物、[外]你且聽我道、

[漁家燈]恁收拾琴劍書箱、把南金滿載行裝、願

只願車馬無勞壯行色、滿懷春盎、來與你速去

速回、[丑]故鄉領命還前往、怎敢憚紅塵白浪、

[生]看槐黃舉子正忙、管此去功名唾掌、[貼]

○○○○○○○○○○○○○○○○

[前腔]我孩兒學已成章、不家食觀國之光、我慮

○○○○○○○○○○○○○○○○○○

只慮孱弱身軀、怎跋涉水遠山長、且斟量結伴

○○○　　　　　　○○○○○○○○○

資諸識、[末]那樂秀才呵、抱經綸、儉讓溫良、他慣

語帶詼氣却不入惡道

觀場屋知趨向、料得意同登虎榜、

【尾聲】膺鄉薦、赴選場、倘得名標金榜、閥閱門楣倍有光、

一【外】速整行裝赴帝畿、【貼】成名管取駕高車

【合】分明有個朝天路　何事男兒不讀書

第三齣　僞儒樂聘　【淨上】

【秋夜月】假啣虧見利、渾忘義、者也之乎全不濟、饑來一字不堪煮、讀甚麽史書、講甚麽史書、

縱多奸狡那有老胥

自家滎陽三家村中一個儒士，樂道德是也，功名蹭蹬，豪傑之志已灰，家業凋零，浩然之氣久餒，和光混俗，惟以利欲是圖，假義盜仁，何曾慊歉在念，今年正當大比，這些後生小子，要來求我講習，每騙幾文錢鈔，以爲酒食之資，只是這本處膏粱子弟，都被我哄過，鬼也不信，不免別作區處，且到街上撞一撞，撞得個富主兒，就是主顧了，【丑上】

【前腔】愛整齊、衣飾真標致、出入府內多伶俐人、稱大叔真豪氣、長多少面皮、壯多少面皮、

呀、原來是樂相公。【淨】來與老弟何往、【丑】特來望相公、正要到宅、【淨】多承老弟下顧、【丑】有一件事、來作成你、【淨】感謝你厚意、甚麼好事、【丑】我家大相公要去科舉、老爹要尋個朋友相陪、我在老爹面前、極力稱贊、故來相請、【淨】好說好說、【丑】我大相公拘襟洒落、且跟他去幫

閑、還有一塲大富貴哩、[淨]兄弟、我若會幇閑撰錢、做得人家、我幾時發跡了、不去不去、[丑]你不去也罷、只是辜負我作薦你的意思、[淨]我們這一個人、要小厮作薦、惶恐惶恐、[丑]我作薦你、不去也罷、只是果不出我老爹府裡人所料、[淨]你那府裡人、怎麼料我、[丑]說、你是、犂牛之子、怎麼淂與千里駒同行、[淨]咩咩、死牛不曾見、活羊見萬千、我那看他在眼裡、[淨]

去丑扯科丑來、那裡去、淨放手、不要誤我生意、丑背科我相公這一去、金銀車載斗量、偕多東西、是他沒福消受、我就告回、淨扯丑科你且來、我問你、丑放手、莫、誤、你、生、意、淨老弟不要認真、我、纔、說、的、都、是、大、帽、子、鋪、門、面、的、說、話、畢、竟、要、望、你、作、成、丑也罷、我大相公世去、金銀儘多、作成你去、儘意與他嫖賭、將來要與我入刀、淨這個定然、丑就請同行、淨你

音調珊珊

先行待我收拾鋪盖就來丑又來清水下白米你有甚么鋪盖在那裡淨老弟没柰何便要作成在下你把相公的鋪盖到下處時只說是我的壯觀一壯觀且住這都是外面鋪張的事自指科我的鋪張能事儘在此丑你且說伴我大相公去用些甚么樣能事淨

【大迓鼓】我相隨赴帝畿共登山玩水吊古留題與他馬上扶沉醉替他石上和新詩丑若如此

切中時俗膏肓

忒知趣了、淨知趣着人、舍我更誰、

丑此一去我相公呵、

前腔 金銀儘有餘、你哄他尋花問柳、博奕啣杯、淨如此、壞了我的心術了、丑你且利其所有、資其勢、人生快活是便宜、淨只怕誤了他的前程、丑錯了前程、還有後期、

淨老弟若教我做文章、其實不會、若教我哄人、實爛熟、

前腔 我聲音通九夷、喜高談闊論、唾落珠璣、中原雅韻何消記、南蠻鴂舌且休題、總是儀秦仗我說詞、

丑 我說雖是這般說、

前腔 你且學而時習之、莫矜誇脣舌、言愼樞機、若使妄爲些子事、你空勞曾讀數行書、蹈矩循規斷沒是非

淨 承教承教、就此同行、丑 我先去毘陵驛前

還得好

催舟放了行李相候你來【淨】既如此請先行
日後凡事全仗老弟擡舉【丑】你這樣人到要
小廝們擡舉【淨】舊話休提畢竟全仗老弟
【丑】陪侍長安赴試　發軔先到毘陵
【淨】雖是千里之馬　非人不能自行

第四齣　厭習風塵

【貼上】
【一剪梅】年少烟花作女娘羅綺飄香粉黛生香
於今兩鬢點秋霜色謝紅粧鏡掩清光

門戶雖慚卑陋，聲名早播京華，久棄琴棋書畫，渾忘雪月風花，老身李大媽是也，本係劍南人氏，不幸夫主早亾，失身塵坌，流寓長安，有個親生女兒，年方二八，小字亞仙，生得如花似玉，詩詞書畫，吹彈歌舞，鍼指女工，無所不妙，所交者皆貴戚豪族，愚夫俗子，不敢往來，今早崔尚書老爺要同曾學士老爺來我家賞海棠，只得分付銀箏，整治筵席以待，旦

前腔 裙襯弓鞋入繡房、蘭蕙馨香、環珮鏗鏘、小旦 朝雲暮雨爲誰忪心戀裏王、夢遶高唐。旦 紅綿曉拂菱花鏡、淡掃遠山眉瘦損、小旦 起來無力凭欄杆、睡熟海棠花未醒、旦 銀箏、自慚陋質、而獲寵名公、身雖墮于風塵、而心每懸于霄漢、未知何日得遂從良之願也呵、

小旦 姐姐、你日日只說從良、從良有甚広好處、旦 從了良、了我一生之事、怎広不好、小旦

亦有情致

姐姐有子弟娶得家去大老婆喫醋拈酸要高高不得要低低不得那時節就要出來便難了【旦】嫁到人家去大小自有名分我盡做小的道理就是了當【小旦】了當了當我幾曾見小娘兒嫁人有個了當【旦】不要胡說取鍼線箱來待我繡個羅襦穿【小旦】姐姐我們這樣人家不耕而食不蠶而衣你有如此艷質香肌怕沒有人做錦繡衣裳與你穿自去繡

生出這繡襦意是一線牽動全傳

羅襦哩〔旦〕銀箏、你曉得甚庅、古之、王、后、夫人、尚、且、親、織、玄、紘、我、流、離、墮、烟、花、豈、可、不、習、女、工、之、事、〔小旦〕待我去取來、鍼線箱在此、〔旦〕

〔香羅帶〕徐開鍼線箱、凝神繡床、羅襦綴花還自想、牡丹魏紫配姚黃、羡鸞和鳳竝翱翔、雲霞燦燦奪目光、匏齒生香也、細嚼殘紅吐碧窗、

〔小旦〕姐姐、你

〔前腔〕身居錦繡鄉、衣裳滿箱、綺羅不須勤織紡、

女工鍼指免思量、旦你不要管我、我把這繡襦
呵、加五采煥文章、小旦待你做完了、我把薰
籠再薰蘭麝香、還勸娘行也、剪短郎當舞袖長、
貼天僊機下整香羅、入手光涵雪一窩、翰苑
文章爭錦繡、却來月窟伴嫦娥、呀、我兒你在
此做些甚庅奇物、旦繡個羅襦、貼我兒你且
收拾起、方纔崔尚書着人來說、少間同曾學
士來我家看海棠花、先送三兩銀子在此整

酒你快去梳粧迎接他〔旦〕好個幫襯知趣的子弟我去接他〔貼〕你看這丫頭只要幫襯的子弟竟不顧娘要錢使那知趣的不過是打卯的我只要有錢養家管甚厶幫襯不幫襯難道你與他過了一世不成〔旦〕你進去我曉得了只管廝纏〔貼〕你看這丫頭又惱我了〔下〕

〔淨內分付科〕邀曾學士老爺到李亞仙家看海棠花消遣情懷則個〔上〕

船入荷花洞如玉嬌娃、懸遐解人意、心中歡暢

小生車過平康、馬嘶柳巷、一派管絃嘹喨。旦二位大人萬福、淨亞仙聞得你家海棠盛開、特來賞玩、旦酒殽已治、專待品題、淨這海棠盛、果然開得好、小生老先生請品題一品題花如何、淨還是學士請、小生學生占了、你看盛若霞藏日、鮮如血染紅、西、施、初、浴、罷、扶、醉、倚、東、風、淨好佳作、品題花不如學士、品題

著作諢語不似亞仙本色

人又不如亞仙、[旦]奴家豈敢論人短長、[淨]你却閱人多矣、所以人之短長、你都曉得、[旦]長短都在你口裡[小生]亞仙不要謙遜、就評品我二人一評品、[旦]若論調和鼎鼐、燮理陰陽、則學士不如宰相、若論嘲風弄月、惜玉憐香、則宰相不如學士、[淨]好好、品題得是、品題得是、看起來亞仙極會品的了、品得我快活、品得我快活、學士品花、亞仙品人、我如今把花與人同品、一品如何、【小生】這個使得、【淨】有兩樣海棠在此、【旦】果是兩樣、【淨】這樣叫甚麼、【旦】是垂絲、【淨】這垂絲就比老夫、【旦】你要學他這樣標致不能勾、【淨】我不像他標致、像垂絲一般軟了、【旦】你腰間雖軟背上還硬、【淨】這樣叫甚麼、【旦】鐵梗、【淨】就比學士、我便比垂絲、學士比鐵梗、亞仙你却愛那一樣、【旦】我愛的是鐵梗、【淨】這丫頭只喜歡硬的、【旦】【打淨科】罰你輕言、【淨】怎庅打我、【旦】打者愛也【淨】打是愛、出于何典、【旦】嫖經上淨嫖經到不曾讀、不曉得、好快活、【打旦科】【旦】好不着人、怎庅打我這一下、【淨】你愛我、我也愛你一愛、禮無不荅、【旦】曾老爺在此、不要這般沒趣、【小生】請賞花、【淨】

【惜奴嬌】品壓羣芳、喜名傳西蜀、色侵羅幌、微風蕩斜倚玉欄杆上、相像、沉醉西施、濃抹胭脂、晚粧停當、【合】非奬總斗大牡丹花、怎到婀娜佳况、

偃蹇風塵意態

【小生】【前腔】端詳。豔質無雙。看妖姸着雨。滿枝開放。肌膚絳。翠袖捲紗明朗。相彷。被酒華清。出浴溫泉。太眞模樣。【合前】

【旦】【黑麻序】堪傷。有色無香。儻梅花相對。兩情悽愴。嘆失身華屋。錦繡無障。惆悵。托根桃李場。牽情蜂蝶恣。【合】謾敷揚。當筵一曲清歌。何必少陵詩獎。

【小旦】

前腔搖颺別樣風光愛垂絲妖軟舞腰宮樣好輕輕擎起翠盤儛掌堪傷清溪照艷粧紅錦襯紫裳

合前　衆

錦衣香画檻傍瑶堦上花蕚芳精神爽臉映丹霞暈酣仙釀東風裊裊泛崇光青皇作主莫遣飄揚怕無情風雨褪紅粧低垂粉頸傾國傾城貌一朝摧枣浪空蹀躞馬嵬塗葬

小旦二位老爺夜將闌了可是在此安置還

是同去【小生】還是奉賃罷【衆】

【漿水令】夜深沉漏聲响想花神春夢悠揚高燒銀燭照紅粧空濛香霧月轉迴廊紅英燦爭趨向半開時節宜忻賞行樂地行樂地易生草莽休辜負休辜負好韶光【合】

【尾聲】烘春麗色情歡暢取次不堪凝望一樹梨花也自芳

【小生】酒散花前興已孤　瑤臺月滿浸冰壺

[淨]老夫今夜還先醉　欲倩佳人錦袖扶

繡襦記卷二

第五折 載裴遣試 【外上】

【碧玉令】春雷已動蛟龍起、杏花天、正當鄉試、【貼】文運天開、金榜願名魁、【末】忙催促上長安、整齊行李、

【外】宗祿、行李完備否、【末】俱完備了、【貼】宗祿、多備些盤纏、【末】討京師薪儲之費、足備二載之用、【丑】途路千餘里、來回數日間、【外】來與你回

來了樂秀才可曾來麽[丑]樂秀才已到毘陵驛登舟等候大相公[貼]相公我夜來夢見一神人贈我孩兒詩一首不知何意[外]夫人那詩可記得麽[貼]那詩道萬丈龍門只一跳月中丹桂連根拗去時荷葉小如錢歸來必定蓮花落不知主何凶吉[外]好吉夢乃應孩兒得中之兆來興請大相公出來[丑]大相公有請[生]

【少年遊】地底轟雷。看潛龍奮鱗甲高飛。呼吸滄溟。化。爲。霖。雨、潤枯苗。管取勃然興起。【合】慶豐登民無饑餒。

【見科】【外】孩兒、我觀爾之才當一戰而霸、爾尤宜自勉、【生】孩兒此去、覷一第如指掌、爹爹不必掛心、【外】孩兒、你母親夜來夢見神人贈你一首詩、皆是吉兆、【念科】【貼云】孩兒你佩服在心、但願龍門一跳、月桂高攀、早奪錦標回來

生　孩兒就此拜別前去

擢拍　辭膝下舍情痛悲兒出門何勝慘悽嘆咫尺天涯嘆咫尺天涯定省晨昏從此睽違月冷空庭夢斷慈幃　合　願此去高折桂枝登月窟上天梯　外

前腔　丈夫學飛黃遠馳肯待兎終朝守株　生作悲科　外　孩兒不見男子生時不見男子生時弧矢懸門四遠揚輝莫效兒曹戀別牽衣　合前　貼

家常話，更自依依。

前腔朝出去望兒早歸，暮不歸教娘倚閭。何恐遠赴京師，何恐遠赴京師。兩字功名，一旦分離。暫脫斑斕衣，錦榮歸。【合前】【外】一撮掉雲霄路，千里奮龍駒。【貼】風雷迅，春江起蛟螭。【生】承嚴訓，當佩服，謹遵依。【合】施經濟豪氣吐虹霓，黃榜標名字，錦衣歸故里，雙親喜，端的是男兒。

【外】雲程快着祖生鞭。【貼】月桂高扳看錦旋。

【合】尚志爲官須作相　高才及第必爭先

第六齣　結伴毘陵

【淨上】【光光乍】赴京都、已發軔、親友皆無贐、行李蕭然全沒興、且買杯淡酒消渴吻、小子樂道德是也、造化造化、坐在家中、銀子自來尋我、前日鄭太守家來興來請我到此毘陵驛中、相伴公子同行、如何還不見來、且叫驛子問他、【末】相公是何處、【淨】狗骨頭、你不

借人聲勢、
到爾烜赫

認得我是四海馳名的滎陽樂相公、是你老爹至親鄉里広、他辦下金銀表禮、特地來請我到此、這廝大模大樣、公然慢我、叫小廝拿拜帖送到府裡去、打他四十板子、[末]相公小人有罪、因爲公子起程、在此打點人夫、不曾接得、望乞恕饒、[淨]打點多少人夫、[末]一百名、[淨]多少僱一名、[末]五分一名、[淨]我照顧你一百名只要五十名、[末]多謝相公、[淨]不要謝、只

要照顧就是、【末】小人曉得、一兩銀子送與相
公、【淨】不好計較、少些、【末】再添五錢、【淨】也罷、只
要記得明白、【末】少間恐怕公子來點、教我怎
厺荅應、【淨】只說樂相公已點齊了、【生】
【探春令】賓王覲國氣英英、暫抛離鄉井、【丑】謾登
程、日遠長安近、【合】覲山水忘勞頓、
【生】樂兄有勞久待、【淨】學生也不曾得閑、把人
夫都點齊了、候公子起程、【生】多勞足下、【淨】當

得者、〔末〕驛子送、〔淨〕這驛子因賢橋梓分上、把學生何等欽敬、〔生〕來與把人夫點一點、〔淨〕不消點、學生俱已點過了、如公子要點、還是學生代勞、〔生〕不好勞先生、來與點、〔丑〕相公止得五十名、〔淨〕我數的怎庅少、待我再去數、眞個止得五十名、這是學生錯了、望公子饒了他罷、〔生〕這個怎庅饒他、來與可鎖到府裡去發落、〔淨〕且住不要[illegible]、人夫都躲在袖中、〔丑〕就在

老實

那裡叫他來、淨這個不是、生為何是一包銀子、淨實不瞞公子說、學生被盛价催促怕了、盤纏不曾帶得一些、因此賣得幾各夫做盤纏、不是學生欺心、望乞饒了這驛子罷、生既然樂相公說、且放了、樂兄盤纏、學生儘有、何勞用心、淨愚意要與公子省些、方見朋友通財之義、生

甘州歌 隔林相應聽嚶嚶、黃鳥尚爾呼朋、同袍

牽強

足旅行情景

壯麗

志合又何必骨肉相親、雖然四海皆兄弟未必知心能幾人、【合】芝蘭契、金石盟、客窗樽酒共論文東風軟、綺陌春、馬蹄踏碎落花塵、【淨】

【前腔】香車逐後塵、羞我談彌六合、心醉六經、蠅附驥尾、今日裡顧隨鞭櫈、只圖草茅時得雨、不道山花冷笑人、【合】風光好、柳色新、短亭過了又長亭、沽美酒、望遠行、牧童遙指杏花村、【合】

【尾聲】過前村、長安近、龍盤虎踞帝王城、十里樓

臺繞慶雲、

西巘遙看日已曛　暮雲低處路將昏

隔江人散魚鰕市　空谷聲傳烏鵲村

第七齣　長安稅寓　[末上]

自家姓熊、名仁、祖居長安、城中布政里、開個小店、欲覓刀圭之利、難逃壠斷之名、正是清晨早把店門開、煮酒烹茶待客來、不將辛苦易、難得世間財、[生]

霜天引 長安固土、縹緲紅雲護、淨丑 繡幕紅顏少婦、錦城沸耳笙歌、

生 此間已是長安了、可尋個店寓兒安下、淨 公子此間布政里、有個舊主人又老實、房子又乾淨、生 這個却好、淨 店主人在家庅、末 咊原來是樂相公、淨 此位是鄭相公、末 二位相公請裡面坐、生 店主上姓、末 小子姓熊、敢問相公貴處、生

西山老秀才

【羅帳裡坐】我是滎陽仕族、［末］到此貴幹、［生］棘闈赴科、欲求一室以安資貨、［末］房子儘有二位相公各把行李收拾、［生］同袍行李何分你我、［末］相公、試期尚遠、在此要一要、［合］得高歌處且高歌、風月處莫教虛度、

［末］樂相公三年不見、又覺老成了、［淨］

【前腔】少年英銳、何當折磨、風霜京邸、輕車熟路、皂靴底爛、頭巾角破、［合前］

〔生〕熊店主人、試期尚早、聞此地勝景頗多、不知何處可以適興、〔末〕你看文風開市路、化日麗皇都、勾欄內、品竹彈絲、虞美人、俏臉兒吹彈得破、酒館中、傳杯弄盞、風流子、飲到月兒高、沉醉扶歸任君駐、車馬到處可盤桓、相公你要適興所在、此間勾欄裡到好耍子、〔淨〕公子就到勾欄裡尋個表子耍一耍、〔生〕學生自幼不離書館、玩逸之情少見、樂兄望乞指引

句是多情種

生 輕裘肥馬逞風流。淨 重在長安續勝遊。

合 綠鬢主人新白髮。紅顏歌妓舊青樓。

第八齣 遺策相挑

旦上

【清江引】釵橫茉莉香飄麝、轉雕欄、鬧戲耍滿院海棠花、一旦都吹謝。燕兒胡語把東風罵、

鴛鴦繡枕芙蓉褥、紅日三竿睡未足、小旦 起來無語立東風、笑看紫燕將花蹴、旦 銀箏睡起無聊、我與你到門首閑步一回、小旦 姐姐、

曲華麗倦舉二字描甚

是妓語

景中情語

請先行〔旦〕

〔駐雲飛〕環珮鏗鏘、倦舉金蓮曲檻旁、花影搖屏障、柳色侵羅幌、〔嗏〕暖日散晴光、遊絲輕颺、牽引殘英、眷戀多情況、相逐東風上下狂、相逐東風上下狂、〔丑御生馬上〕〔生〕

〔前腔〕緩鞚絲韁、爲惜殘紅滿地香〔旦〕銀箏、你看好個俊俏郎君、〔生〕忽見天仙降、頓使神魂蕩〔嗏〕轉盼思悠揚、秋波明朗、看他體態幽閑、粧束

渾宮樣〔墜鞭科〕來與、拾了絲鞭起來、懶策金鞭
去敎坊〔丑〕請接絲鞭入洞房、

〔小旦〕你看那郎君、見了姐姐、故意墜鞭、偷睛凝視、深有顧盼之意、〔旦〕不要胡說、且自進去、

〔小旦〕門前行樂客、故意墜絲鞭〔下〕〔生〕好個標致姐姐、你看繡領單衫杏子紗、眉舒栁葉髩堆鴉、分明西子扶殘醉、〔淨〕鄭兄、你想殺如何近得他、〔生〕樂兄你何故來遲、〔淨〕鄭兄你在此

一〇〇

自言自語，說些甚麼。〔生〕

〔駐馬聽〕適見嬌娘，並立朱門笑語香。〔淨〕人物如何。〔生〕貌有沉魚落雁，閉月羞花，淡抹濃粧。此間是何處，有這等美色之女。〔淨〕這是翔鸞舞鳳碧梧坊，馳車驟馬鳴珂巷。你却為何來此。〔生〕馬騁康莊，一鞭緩足，信着霜蹄前往。〔淨〕

〔前腔〕天遣裴航，得遇雲英窈窕娘。鄭元今日來登天府，且上藍橋，醉飲瓊漿，繁絃翠館錦雲鄉。

温香軟玉流蘇帳。倒橐傾囊、春宵一刻。肯惜黃金千兩。

〔生〕樂兄、千兩黃金、何足計較、但不知此何宅也、〔淨〕此是狎邪女李氏家也、〔丑〕狎邪狎邪、我相公見了、魂都沒了、敢是引邪、甚麼狎邪、〔淨〕是娼家的名號、〔丑〕原來是烏龜的表德、〔生〕娼家怎麼有如此之女、〔淨〕他李是天上仙姝、暫謫人間庭院、〔生〕叫做甚名字、〔淨〕小字亞仙、〔生〕

眞名稱其實、【淨】鄭兄、他妖資嬌妙、絶代未有、小可的不能與他往來、所交者都是富豪官宦、若要動他半點芳心、須是不惜黃金百兩、【生】樂兄、但患其不諧、黃金百兩、此何足惜、【淨】既如此忻慕他、明朝潔服盛從以往、進見其母、托詞稅院攻書、因而求見其女、方成其事、【生】承教、樂兄去到那裡、只患難就、我一見這寃家呵、

生 難拴猿意馬　欲締鳳鸞交

淨 不因漁父引　怎得見波濤

第九齣　迷叶良儔

小旦上

玉人梳洗故遲遲斜倚粧臺有所思紅日三竿鳥聲碎剛剛淡掃遠山眉俺姐姐昨日在門前竚立、偶見一個郎君十分俊美、他見俺姐姐、故意墜鞭、顧盼多時而去、俺姐姐甚是想他、恐今日又來經過、着我在此伺候、生

【鎖南枝】鶯花市、燕子樓、人生到此百不憂、何處繫驊騮、章臺有楊柳、【小旦】那來的相像是那遺策郎君、【生】見侍姬舉止羞、倚朱門若相候、【小旦】果是那人來了、【生】敢問小娘子、此是何宅、【小旦】此是李氏宅也、待我去請姐姐出來、姐姐、昨日墜鞭郎君來了、【旦內問】在那裡、【小旦】在門首、【旦】請進來、叫媽媽陪坐、待我整粧易服、就來相見、【小旦】相公請裡面坐、姐姐就

工雅

画出動人模樣

來、媽媽、有客在此、〔貼〕
〔前腔〕年將邁、髩已秋、下堦出迎禮不周、相公請
了、里巷隘湫輶、丰神耀瓊玖、相公請裡面坐、
〔生〕媽媽指引、〔貼〕銀箏、你先引路、〔小旦〕媽媽那
裡坐、〔貼〕延賓館、暫欵留、銀箏、先看茶後沽酒、
銀箏、請姐姐出來、〔小旦〕姐姐有請、〔旦〕
〔孝順歌〕掀羅幕、蕩玉鈎、弓鞋裙襯雙鳳頭、〔小旦〕
姐姐快出來、〔旦〕我欲見、又含羞、進前還退後、

【小旦】昨日見了他恨不得吞他下肚今日又做這般張志【旦】昨來邂逅柵下停驂暗通情竇【貼】我兒出來見了相公【旦】歛衽再拜深深恕妾失迎候【生】不敢【旦】重凝睇。定兩睞。認。仙。郎。是。墜。鞭。否。

【生】小生就是昨日遺策者【貼】相公貴處【生】

【前腔】滎陽郡是故丘【貼】上姓【生】鄭元和忝爲儒者流【貼】令尊在底【生】老父治常州【貼】原來是公子

令堂在庭生高堂有慈母貼父母在不該遠
遊了生非敢遠遊貼既不遠遊到此貴幹生
應舉求名試期未偶貼多蒙枉顧有何見諭生
欲借別院攻書未審相容否貼房屋儘有只管
來任生金百兩請暫收若成名再加厚
貼但小房陋狹不足以辱公子所處安敢受
值生媽媽還有粗幣四端奉充贄敬之禮貼
這一發不當了生輕瀆媽媽請收了貼如此

二曲流麗

多謝相公銀箏沽酒來與相公拂塵【生】小生聊奉白金十兩望備一宵之饌【貼】今日之饌自當備辦留此以待他辰【生】多謝厚意【小旦】媽媽酒完了請相公西堂坐【貼】相公請了【行】【科】【旦】把酒科【生】

【錦堂月】金鼎香浮○瓊卮酒艷○西堂宴開情厚○花○底○相○逢○姻○緣○幸○然○輻○輳○聽○鸞○簫○夜○月○秦○樓○會○神○女○朝○雲○楚○岫○【合】風流數○趁此年少良辰○傷花隨

棲○〔旦〕

〔前腔〕聽剖○拙婦如鳩○高巢仰鵲○懸絲牖戶綢繆○

應笑鴻儒俯尋華門圭竇傍紗窗聽講詩書掃

塵榻躬操箕箒〔合前〕〔貼〕

〔醉翁子〕知否樵樓上初傳玉漏○你行館何方○歸

歟休後○〔生〕小生敝寓在延平門外離此有數里

之遠俛首苦路遠無親○總画棟雲連何處投○

〔貼〕相公行館既遠就在舍下草榻如何〔生〕多

謝多謝、合重進酒。飲到月轉花梢。盡醉方休

旦背科

前腔他來由欲求締鸞交鳳友、托蹤屋而居、與望一宵相留、貼我看你二人呵情投、我只索相從任、意、追、隨、秉燭、遊、合前

生小生自見小姐之後、心常在念、雖寢食未嘗或捨、旦賤妾心亦如之、生小生此來非但求居而已、實願償平生之志、但未知命也若

何、旦男女之際、大欲存焉、情苟相得、雖父母之命、不能止也、賤妾固陋、幸不棄嫌、願薦君之枕蓆、生只恐小生沒福、貼汝二人、眞所謂郎才女貌、有何不可、生拜科

僥僥令 階前頻頓首、貼不要拜、生賓館謝相留、貼既做我家女壻、當以郎君目之、生願作厮養家僮從呼喚、携枕抱衾裯敢自由、貼

前腔 乘龍忻配偶、騎鶴上楊州、管取日日笑睞

畫出陪堂影子

花近眼舞罷錦纏頭典未休【合】

【尾聲】玉人髻嚲金釵溜整頓纖纖呈素手沉醉東風汗漫遊

【旦】錦衾珊枕恣奢華【生】繾綣多情解語花

【合】休戀故鄉生處好　受恩深處便爲家

第十齣　鳴珂嘲宴

【淨上】

【出隊子】浮生如寄浮生如寄四海爲家有故知花朝月夕醉金卮不費錢財只動嘴想冷熱酸

酸、年、來、自、知、

自家樂道德便是、向者鄭太守請我相陪其子來此赴試、爲因試期尚遠、偶爾閑行到平康巷、遇着妓女李亞仙、被他纏住、日夜在他家追歡買笑、把我撇在店中甚是寂寥今日不免到李家去、只說與他扶頭、撞些酒喫、樂他娘一樂、有何不可、轉彎抹角來、此便是李家門首、不免叫一聲、裡面可有人麽 [貼]

【玩僊燈】戶外有人聲、想是佳賓來至、
【見科】問相公何處、【淨】我是鄭相公的朋友、【貼】莫非是樂相公、【淨】然也、【貼】失迎了鄭相公、樂相公在此、【生】
【鳳凰閣】偎紅倚翠、任意棲遲行樂地、
【見科】【生】樂兄、連日失陪、多罪多罪、【淨】好謊、足見拋撇、【生】小弟這兩日因大姐相留、實是拋撇、得罪了、【淨】公子文章魁首、亞仙士女班頭、生偶爾姻緣輻輳、旦山雞羞配鸞儔、淨好大姐、出口成章、鄭兄、學生備得些須白金、煩媽媽整治個小東道、與鄭兄扶頭、生不勞、淨不多、一兩銀子在此、生媽媽、我這裡自整、送還了樂相公、貼樂相公乃鄭相公好朋友、何勞二位舉意、老身自當備辦、樂相公、見成水酒、不成意思、休怪、淨人意若好、喫水也甜、貼銀箏看酒來、小旦白玉杯中浮綠蟻、水晶壺裡噴清香、酒在此、〔貼〕我兒唱一曲、奉樂相公一杯〔淨〕不要起動大姐、鄭兄請行一令如何、〔生〕這個使得、樂兄先請一杯做令官、〔淨〕方纔銀箏說道水晶壺裡噴清香、就要一句詩、內有水晶二字、有的免飲、如無罰一大杯、鄭兄先說起、〔生〕還是樂兄請、〔淨〕鄭兄請、〔生〕學生占了、水晶簾動微風起、〔淨〕被你搶了我的、如今該媽媽說、〔貼〕杯中祇有水晶鹽、〔淨〕我的又被你

說了、如今該大姐說【旦】一盆花浸水晶毬【淨】
咳、我都沒了、【生】既沒了請罰酒【淨】有有、二筒
撐入水晶宮、【生】樂兄這句却不是詩聯、況又
蠢俗、該罰一大杯【淨】這等媽媽與亞仙都該
罰一大杯、【生】他說的是詩句、【淨】是他家的熟
令該罰【生】怎庅是他家的熟令、【淨】令中只要
水晶二字、他家原是水人的精【貼】這等說起
來、樂相公是精光棍、光棍精、【淨】作色【科】【生】樂

兄、酒後戲談、不必介意、〔淨〕我也是取笑、鄭兄、我夜來在燈下搊得一個曲兒、賛美公子與大姐、只是不成腔調、唱不出口、〔生〕請教、〔淨〕

〔畫眉序〕修眉遠山碧、脂粉黏嫌涴顏色、看嫣然一笑、果然傾國、秋波瑩眼角留情、金蓮小香塵無跡、〔合〕綺羅叢裏春雲煖、塵思坐來消釋、

〔旦〕承過譽了、〔淨〕借酒來奉媽媽一杯、〔生〕他是主人、怎庅勸他、〔貼〕這叫做痴客勸主人、惠而

的對

、、不費笑科淨就對了這一句、生怎么對、淨衕、

衕、哭、孤、老、哀、而、不、傷、生休得取笑、再請見教、

淨借酒來奉鄭相公、淨

前腔衣冠好粧飾、談吐珠璣瀉文墨、喜風流蘊

籍有誰能匹、謾、追、隨、鳳、枕、恩、情、且、莫、問、鵬、程、消、

息、合前生承過譽了、旦

鮑老催酒傾玉液、勸君飲盡無涓滴、當筵豪放

無憂戚、聽鳳笛吹、鼉鼓敲、鸞笙吸、小旦揮金買

古人秉燭夜卽是此意

笑何足惜、良辰美景豈易逢、賞心樂事難兼得、

【生】

【滴滴金】流光瞬息駒過隙、莫把青春枉拋擲、痴心日夜看財虜、目生眵頭早白、金堆玉積若教花栁皆疎放、縱活百年有何所益、

【貼】銀箏可唱曲奉酒、【小旦】

【滴溜子】歌節奏、歌節奏、五音六律、聲宛轉、聲宛轉、停腔待拍、白雪陽春無敵、行雲眞响遏麗詞

入格、戞玉敲金、情融意適、淨

雙聲子 龍涎炙、龍涎炙、黃金鼎、香堪挹、麟脯擘、麟脯擘、青玉案、盤何寄、謾歌舞、謾歌舞、排場寂、排場寂、看細蟬金雁、錦茵狼藉、合

尾聲 笙簧沸耳花間集、画閣不聞蓮漏滴、夜宴又開筵席、

淨 我不弊了、貼 樂相公請收鍾、淨 收鍾入袖科 貼 請收壺、淨 水晶壺裡噴清香可惡、作醉

科

生 金縷高歌舞柘枝 旦 銀箏斜倚玉山頹

淨 酒不醉人人自醉 貼 色不迷人人自迷

第十一齣 面諷背捕

刑出鄭子一個怯

書生與蕩子自別

末 買笑揮金樂少年、王孫失却麗春園。幾番欲諫難開口、恐把忠言當惡言、自家熊店主是也、滎陽鄭公子來此赴試、鎮日戀在妓館李亞仙家、把車馬行李都撇去、止留下鋪蓋

箱籠在房內、着樂相公一人看守、可惜一個聰明俊秀公子却被烟花迷惑了、呀、道猶未了、樂相公已到、【淨】

【卜算子】翠館爲貪杯受了鴇兒氣、無端醉後惹閙非、恨小非君子、

【見科】【末】樂相公今日爲何這等煩惱、【淨】不好告訴你、我去李亞仙家與鄭相公扶頭行令中間、那鴇兒道、我是光棍精、我們這一個人

可是光棍、你道我氣也不氣[末]相公且休惱、等鄭相公回來之日、把娼家行逕、細說與他知道、省他不去嫖、就絕了他的衣食、有甚難消氣處、[淨]有理有理、他說今日要來下處看我、等他來時、還要你一句我一句、使他知醒纔好[末]是如此、[生]

[前腔]忘却賦歸歟、秪爲逢仙子、綺羅筵上醉金巵、不語眞君子、

見科淨鄭兄、你道酒中不語眞君子、是我席上多言了、生樂兄善戲謔、不爲虐、何必計較、淨取笑取笑、學生原不記懷、只是學生有片言相瀆、萬勿見罪、生有何見諭、卽當領命、何罪之有、淨鄭兄你令尊着學生相陪到此、指望你穩步蟾宮、高攀仙桂、今執事迷戀烟花不以功名爲念、恐辜負了令尊令堂之望、生學生爲試期尚早、客邸淒涼、暫時消遣、豈敢迷戀、[末]鄭相公你既不迷戀、何不在草舍觀書、到撇在娼家居住、[生]店主人、樂相公在此、我房金論月一般、奉還、閑事休管、[末]呀、相公差矣、我豈爲房錢而言、只是這娼妓人家、一動一靜、都是哄人的機關、相公聰明的人也、怎生信他、[生]店主人、他眞心與我好、那李亞仙也不是哄人的、[末]怎見他眞心哩、[生]他與我設誓、手上燒香疤、成一個大瘡痕、[淨]鄭兄

你初出門嫖、不曉得那叫做苦肉計、生何謂苦肉計、淨你聽我道、

丑寄生草他把那香燒臂、精巴巴火燎皮、心胸虎口陰臍處、渾身何止二三十、許多豈爲君留意、他要生心起發一注大錢兒、方使這設盟苦肉燒香計、

生那老鴇兒把他拘束得緊、他要與我逃走這也是哄得我的、末這一發是假了、淨

風月机關

歷世語

前腔這是錦套頭虛語、其中有窩機、私奔暗約長吁氣、牽情不用繩拘繫、虔婆假意潛防衛、終朝鈔擁太行平、有一日無錢便道沙堤潰、

生何謂終朝鈔擁太行平、淨比似你今日有錢、他要一你奉二、撒漫使錢、他便哄你逃走、你說前面山高難行、他道山縱高、有人行的平路、這是終朝鈔擁太行平、生何謂一日無錢沙堤潰、淨儻或你日後沒了錢、那老鴇子

說得極快只是寃枉亞仙

唆他在你跟前、咭咭咶咶要錢、你無錢與他、那時你與他說走了罷、他見你沒了錢、他就改口道、脚小鞋弓、前面山路崎嶇、我不慣行、這便叫一日無錢沙堤潰【生】他幾番為我與鴇子賭氣、就要尋死哩【淨】

【前腔】他背後多嫌鄙、面前假作悲道赤繩雙足姻緣繫、紅綃三尺尋懸縊、算來只要圖財利、俺耳聞眼見萬千人、那曾見一人情重真心死

今父母富貴的何子孫反不哭

【生】他一日不見我去、他就哭得不耐煩那眼淚可是假得的、【淨】鄭兄好不明白、你一月不去、少了他一日錢鈔他見你這般富貴、不哭你哭誰、【末】鄭相公、那樂相公說得有理、【淨】

【前腔】他欲覓金銀使、還憑玉筯垂、眉峰鎖黛將張郎殢連珠砲打抛紅淚、愁容八陣圖排起、分明活脫楚虞姬、假饒是重生項羽也心腸碎、

【生】淚出痛腸、如何假得、【淨】老兄他不哭你哭

你那錢、【生】他如今要嫁我了、【淨】說死猶可、若
說嫁來、小則傾家破產、大則喪命亡身、【生】那
有此事、我見好些娼妓、都從了良、【淨】那從良
的、非出于自然、出于無奈、或因錢債逼迫、或
因官府牽連、或被鴇子嫉妒、受氣不過、所以
纔起嫁人之心、也是一時之興、那有眞心實
意嫁人、【生】他昨日又說嫁我、【淨】
【前腔】他許嫁牽情思、貪財欲胃隨、從良恐不得

搗兒氣縱然乘興而來矣終須興敗還歸去你看幾人到底守深閨不信呵請君只看那傷州例

[生]樂兒你豈不聞詩云窈窕淑女君子好逑

解三醒 論文王好逑淑女 [淨]文王的是淑女這是娼家老婆 [生]孟子云好色人之所欲好色心人孰無之青樓美人眞可意妖妍貌世應稀

[淨]試期尚遠我且與你回去再來未爲遲也

佳句

[生]不思故鄉歸去矣。林外空勞叫子規。[末]公子、樂相公是好言相勸、[生]承嘉諭、只是我愚而不悟、望恕昏迷、[下]

[淨]鄭元和撇我在此、公然去了、可成得個人庅[末]樂相公

[前腔]你藥石言、逆人之耳、苦口勸、不理些兒、只聽枕邊如蜜語、却不道枉心機、黃金只恐容易費、流落天涯何日歸、吾差矣、與他們非親非故、

干惹嫌疑、

[末]樂相公、各人自掃門前雪、不管他家瓦上霜、[下][淨]見物不取、失之千里、鄭元和不聽我忠言相勸、悻悻而去、不免收拾他鋪蓋、都使上我的圖書、只說是我的、還有幾隻箱在此、擡開來盜取些東西、呀、且喜且喜、還有三四百兩銀子在內、正是欲求生富貴、須下死工夫、叫店主人出來、作別而去、店主人有請[末]

忽聞呼喚、隨即趨承、【淨】鄭元和不聽勸諫、撇
我在此、寂寞難嗷、況試期又遠、我且到一個
所在、望個朋友、再來未遲、即日就去、店主人
你與我拜上他、【淨】
【前腔】收拾起半肩行李【末】這鋪盖之類、是鄭相
公的、【淨】箱籠是他的、原封不動、在那一邊這
鋪陳是我的你看厷四邊有暗記圖書、【末】這
圖書不足憑信、【淨】圖書若打在中天柱、這房

突出戲語與前不應可删

見是咱的、【末】這樣欺心事做不得、【淨】我如今再把欺心使、【末】還有甚庅欺心本事、【淨】我把你令正娘子臉上打一個圖書呵、印了圖書是我妻、【末】相公也不是這樣欺心的、【淨】我姑饒恕、快打發下程飯米。即便回歸、【末】下程之類、當得奉承、但鄭相公也該別一別去、【淨】這樣人別他怎庅、

【淨】料他終作異鄉塵　莫怪朋從兩處分

湖海茫茫雲外迹　乾坤落落夢中身

（末下）（淨吊場）我今若回去他父親必然着人根究下落我左右是無家之人回去怎庅不免寫起招子只說常州鄭刺史之子因赴科舉行至中途被盜所殺車馬金銀劫去無遺有能捕獲者逕到常州領賞就把來與出名只說他恐家主見責迯往他方度命各處將招子貼遍等人傳至常州有何不可

如此清官不知令郎嫖資從何得來

只憑半張紙　惹起一家愁

第十二齣　乳臂傳凶　〔外上〕

〔賀聖朝〕兩岐麥秀桑田、萬民示辱蒲鞭、循良有傳效前賢、晉取好名傳、

〔衆皂隸叅科〕〔外〕窮廬安赤子、幽壑布陽春、刺史官銜舊、文風禮樂新、下官常州刺史鄭儋是也、到任以來、且喜判重如山民安如堵、但不知民間疾苦怨慕何如、且喚耆老社長詢

問一番、那皂隸喚耆老社長進來、〔淨丑〕雨後有人耕綠野、月明無犬吠荒村、耆老社長叩頭、〔外〕你兩個叫甚名字、〔淨〕小人姓黃名裳、〔丑〕小人姓黃名裏、〔外〕你二人到都好個名字且問你、今年徭役撥得如何、〔淨〕今年徭役極公正、忒均平、〔外〕我比先任老爹手裡如何、〔淨〕老爺、先官手裡、就是鳥獸也不得空閒、〔外〕怎庅鳥獸也不得空閒、〔丑〕老爺、有詩爲証、任是深

山更深處也應無計避征徭外你只說公論
我比先任如何丑老爺那先任老爺在此呵
淨
月上海棠徭役艱鄉民貧乏皆逃竄看苦封泥
鎖蓬華門闌自老爺下車以來感黃堂德政寵
施喜合浦明珠重返合加飱飯爭歌五袴無復
饑寒外我在此呀
前腔守一官民之父母行方便要舉直措枉勸

善懲頑、萬井中不斷炊烟、四境內相聞鷄犬、【合】
歡聲滿、含哺鼓腹、無復愁煩、
二人出去罷、【淨丑】徭役極均平、鄉村盡快樂、
【下】【末慌上】傳聞公子信、教人哭且罵、老爺不
好了、【外】宗祿你慌慌張張爲甚事來、【末】老爺
不好了、
【好姐姐】小人偶出府前、聞説道相公遭難、【外】我
兒爲何遭難、【末】爲金多被盜、一身喪九泉、【外】

尚少一段驚徨痛哭之情

此信傳聞來的、未可信也、[末]端可驗這招子
是實都貼遍、[外]是何人貼的、[末]是來與貼的、[外]
他怎庅不回來、[末]他流落天涯未得還、[外]如
此果被害了、[悲科]我那孩兒、宗祿雖如此說

[外]

[前腔]把此情慎勿就言、我夫人呵、若知道肝腸
應斷、我還將疑將信、心中殊不安、宗祿此事未
可全信、須訪探、舉頭見日長安遠、怎得人從

可憐

日下還、

宗祿你可客訪眞實、且謾說與夫人知道、

[末]公子直如弦　[外]傳聞死道邊

[合]前程暗如漆　今日信斯言

第十三齣　老梅薦機

[淨上]

[杏花天]桑榆暮景身無倚、紅顏謝鬢已如絲風。情笑逐年華去、猶存下剩粉殘脂。

自小聲名屬教坊、如今弃得鬢如霜、蜂蜜舌

老嫗猶有惜春意

頭鸂鶒嘴、鐵似心腸性似鋼、妾身姓賈、排行第二、人都叫我做賈二媽、不幸夫主早亡、单身在教坊司居住、本司李大媽、是我的姊妹家、他女兒亞仙、是教坊中第一個出色的粉頭、許久不曾相見、今日去看他一看來、此是李大媽家門首、不免咳嗽一聲、[貼]

[前腔]東風料峭門深閉。看落紅滿地胭脂。子規夜半猶啼血。不信道喚春不回。

二媽、甚風吹得你來、淨久不相見、特來探望、貼二媽請坐、多承下顧、淨大姐怎庅不見、貼他陪鄭相公在房、少待我叫他亞仙、我兒出來、旦

桃李爭放小閣陶情楸枰奕戲、忽聽娘行喚取、見科淨大姐、聞得你接着一個好姐夫、且喜且喜、旦他是個讀書的老實人、淨你要那虛花頭的怎庅、有造化、接着老實孤老、趂他愛

不顧仁義就是門戶中人

你睐起發他些東西自古道癡心婆娘負心漢不要挫過了日久情疎你再要就難了【旦】他是個志誠君子與別人不同怎庅好開口起發他的也要存些仁義相處【淨】我們門戶中不過千謀百計只是哄人顧不得甚庅仁義【旦】好說這事不是我行的眼前出於無奈要顧終身事業怎做得那冷熱人把人坑陷【淨】大姐你年紀小不知袖裡聽我道來

此侶門十六字心傳

【憶多嬌】他初到時我把甜話兒嬌聲豔語承奉之席上人前偷眼戲他若在我家住時呵我與他錦帳深閨我與錦帳深閨睡到日上三竿纔起若在我家住久呵

【前腔】我假意兒長嘆吁喬粧哭嫁并走趒剪髮燒香設盟誓若要起發他東西呵還有個法兒還有個法兒頓教搖椿作鬼

【旦】怎庅叫做搖椿作鬼【淨】大姐孤老若與你

好了假如媽媽要錢你又不好自與他說只故意在被中枕上哭哭啼啼說我家媽媽見這裡沒生意要到別處轉動轉動我又為你在此怎庅放得下他見你這般愛他必然加厚與你錢鈔這便是搖樁作鬼【白】鄭相公是個讀書君子不是那虛花子弟【貼】我見二媽說的都是好話【貼】

【鬪黑麻】那幇襯知音虛花子弟打卯燒香來或

暫時這等人呵吾門戶不許窺且喜這鄭相公
他是公子王孫萬金有餘【旦】娘雖說他有錢他
性兒也是難拘的【貼】從他性兒如狼似虎擺
入我門來綿羊軟的【旦】
【前腔】總萬計千謀無非爲利論色不迷人人而
自迷雖一夜做夫妻亦是前緣少他債兒【貼】你
今不信娘的說話只怕色衰愛弛韶華能幾
時秋月春花朝雲暮雨

淨 大姐、你娘說的、都是一樣好言語、貼 我兒、鄭相公面前不要你說、我着銀箏來倒鬼罷、

貼 覓利機關巧 旦 青樓太不仁

淨 要知山下路 須問過來人

第十四齣 殺馬調琴

生上

逍遥樂 鼎沸笙歌擾、火煖椒蘭烟霞裊、淹留樂地恣逍遥、旦 黛眉粉面、翠館青樓、綠水紅橋、生 黃金何足惜、淑女真難得、旦 行樂度春秋、

殺馬雖奢却是憐香惜玉

浮生水上漚、〔生〕大姐、你這兩日身子不快覺好些么、〔旦〕正不㚥免強梳洗在此、〔生〕你可想甚么喫、我着人去買來、〔旦〕我想些馬板腸煮湯喫、只怕沒處買、〔生〕這個何難、來與那裡、〔丑〕如今不叫來與了、〔生〕叫甚么、〔丑〕去了來字改個請字叫做請與了、〔生〕休胡說、你會殺馬么、〔丑〕我被老歪貨馬扁了相公銀錢、不知多少恨不得把他一刀兩段、我忒會殺、我忒會殺

［生］殺甚庅［丑］殺李大媽［生］不是叫你殺騎的五花馬［丑］我只道叫我殺李大媽喜得不耐煩相公這一匹好馬爲何要殺他［生］大姐不自在思量馬板腸煮湯喫故此殺他［丑］這五花馬日日與相公騎大姐不過夜與相公騎你騎了他一夜大塊銀子與他五花馬終日騎何曾有半個錢與他那騙錢的到不殺反殺那省錢的相公好癡［生］討打［丑］相公休惱

小人就去殺、[下][生]亞仙、几上有琴、你可試操一曲如何、[旦]但恐污耳、[生]自古道不聞香不彈、待我焚香過來、[旦]

[二郎神]爐燻裊、啟南軒、把絲桐緩操、彈一曲彩鳳求凰聲合調、聽喈喈不似離鸞別鶴無聊、[生]如此妙音、愧我不是知音者、[旦]差矣、我喜遇知音情更好、[生]再彈一曲猗蘭如何、[旦]使得君蘭也、妾草也、今日呵歎猗蘭、不嫌伴艸、[合]兩

情高願鼓瑟宮商相應和調【生】

【集賢賓】清商宛轉音律峭聽巫山夜雨蕭蕭暗約高唐魂夢杳想夜奔文君窈窕相如技巧把綠綺輕挑低調【合】聲大雅總不入歌樓歡笑【旦】

【猫兒墜】願爲侍妾箕箒日親操玉樹兼葭雖有誚兎絲免得附蓬蒿【合】偕老願恩意地久天長海潤山高【生】

【前腔】同心比翼擬結鳳凰交梧竹棲遲不暫拋

丹山有日共歸巢、[合]期誓海盟山、地厚天高、
[丑]腸取五花馬膏烹一碗湯、湯在此、[生]亞仙
五花馬板腸湯在此、[旦]呀、可惜、
[尾聲]這五花馬、身價高、[生]湯煑板腸卿所妳、[旦]
拿去、[生]又厭腥羶不喫了、
[丑]好作賤、好作賤、可惜殺個五花馬來筋也
不動、[下][小旦]特將心腹事、報與二人知、姐姐
你今日彈琴、只怕明日不能勾了、[旦]爲何說

此話、[小旦]媽媽說在此沒有生意、要轉動轉
動臨清魏官人着人來請見、拿二百兩銀子
在此接你、媽媽打點要去、[旦]等他去自去、我
不去、[小旦]姐姐說得好自在話兒、端端爲你
來、怎生由你不去、[生]如此怎庅好、[小旦]鄭相
公、自古道小娘愛俏、媽媽愛鈔、你比魏官人
加倍些、胥教去不成、[生]有理有理、我就送四
百兩與媽媽、[小旦]銀子幾時送來、我好回去

那人【生】巳有在此、還少些、待湊足了就送來、

【生】風情月思小桃園【小旦】歌舞排場樂少年

【旦】昨夜宿醒猶未醒　今朝畫閣又排筵

第十五齣　套促纏頭

【貼】不織、不耕、爲活計、羅風、羅月、作、生、涯、我一家止靠亞仙一個撰錢、如今被鄭相公妨占、不得活動昨日着銀箏去只得他二百多兩銀子、説罄囊與我、再無有了、不免喚女兒出

一曲輕倩

來、打發他去罷、亞仙那裡〔旦〕
〔遶地遊〕忽聞母命、玉趾離閨閫、上堂去、穿花徑、
〔貼〕我兒昨日着銀箏去問鄭相公取銀子、只
送得二百兩、不勾我使用、你可與他再借些
〔旦〕他說傾囊與你、再沒有了、〔貼〕他既沒有了、
打發他去罷、〔旦〕娘君子愛財、取之有道、財誰
不愛、也要顧些仁義、鄭相公也使一主大錢
在我家、何恐就趕他出去、〔貼〕不要管、我包你

不傷他便了快請他出來【請科】【生】

【前腔】葵花燦錦隔院聞人請多應是有意勸飲

【貼】鄭相公你久處我家多有簡慢你是我嫡親女婿料不見罪【生】小生久叨館穀恩報無地何出此言【貼】老身失問令尊令堂高壽【生】學生父母俱已七旬了【貼】既有許多高壽不宜久住在外

【黃鶯兒】你定省在晨昏却睽違秋復春爲人子

者心何忍你戀着青樓一人忘却白髮二親孝爲百行之本萬善之源你久忍于此但知務末渾忘本【合】少年人戒之在色【生】好胡說【貼】不胡說是孔子語諄諄【生】媽媽小生久處在宅並不聞此言今日何故苦苦相勸【貼】你久戀我家囊橐傾盡日後倘有失所豈不歸罪于我故此好言相勸【生】好薄情【貼】非是薄情我與你彼此有益【生】

【前腔】看他詞色太驕人、使區區疑慮生、【貼】相公
不須疑慮、早早回去罷、【生】我豈不欲回去、奈
功名未遂無歸輿、【貼】你也把父母想一想見、【生】
欲望太行白雲、難捨巫山彩雲、恩情兩地縈方
寸、【貼】【合前】【旦】
【簇御林】情含笑、眉展顰、恐仙郎感慨興、相公何
必愁悶、丈夫四海家無定、休得要懷故土思
鄉井、【生】我幾時要回去、是你那母親趕逐我、【旦】

相公。他是老年人家、言顛語倒、不可認爲眞、

【生】媽媽的意思我曉得了、我還有十兩銀子、

一發送與你罷、【貼】你還有十兩銀子與我、且

再住幾日也無妨事、【生】

【前腔】言雖慰、氣未伸、念關山役夢魂、囊琴羞把

朱絃整、怕聲聲彈出思歸引、【旦】【合前】

【生】金盡床頭惹厭憎　風波萍跡任浮沉

【旦】人情若比初相識　到底終無怨恨心

第十六齣 鬻賣來典

描出來典離別處備見悽楚

[末]自家熊店主人自也鄭公子來此科舉、迷戀娼家、金銀嫖盡、今被老鴇要錢、無從措置、央我把來典賣與崔尚書家、文契已寫完了、不免催促交還他去、道尤未了、鄭相公已到、

[生]

[金蕉葉]有緣有緣、遇佳人情濃眷戀、燕蹴飛花落舞筵、嘆囊空與味蕭然、

見科生熊店主人、相煩你的事、可成得麼、末文書并十兩銀子在此、來與一去銀子就交與相公、生來與與那裡、丑只爲思鄉切、家山入夢頻、寧爲故鄉鬼、莫作異鄉人、大相公呼喚來與、有何話說、生來與、我只因久居于此、盤纏俱已用盡、此間店主人說崔尚書家待人甚好、我將你賣與他爲義男、你可隨着店主人去罷、丑呀、大相公、你把來與賣了、可憐可

來興眞是義人

憐【哭倒科】相公、小人隨侍到長安、不辭勞碌、重受老爹奶奶撫育之恩、兼承相公手足之看、幾欲圖報、素志未酬、今便一旦拋離、于心何忍、相公你若速歸鄉井、小人情願賣身以作盤纏、你若仍戀烟花、小人决不敢奉命言訴及此、痛淚難禁、【生】來興、我也捨你不得、到此出于無奈了、【生】

【小桃紅】爲黃金散盡、翠館難淹、覊汝休含怨、從容向前、【丑】小人怎敢怨相公、只是割捨不得、【生】來興、我畢竟是個寒儒了、你隨我無榮顯、那崔尚書府中甚好勢頭、適彼竊威權、將托身食人食事、必從驅遣、你到他家務要學好、免受鞭笞、省我掛牽、【丑】相公、你將我這身銀不可又浪費了、把做盤纏早回去罷、【生】故園羞回轉、生死聽天、羊觸藩籬、進退兩難、【丑】小人呵、【下山虎】遠隨科試來到長安、指望你登高選、我

評意亦真却未盡致

也喜歡、誰知你眷戀紅粧、取次輜裝罄然、【生】來與、我如今悔之晚矣、【丑】相公店主人也再三勸你、却把忠言當惡言、不聽人之勸、賣我微軀、值、幾、錢、小人受老爹奶奶深恩厚德、今生不得報了、可憐可憐、欲見爹媽面、除、非、夢、返、故園、望、斷、孤、雲、淚、雨、懸、

【末】來與去罷、此間

【戀牌令】離相府、路迂遠、辭舊主、莫畱連、【丑】主人

且從容片時、我今日別了相公呵、關、山、無、日、轉、音、信、倩、誰、傳、相公、你若不早早回去、只管迷戀在此呵、儻爹知道難容見面、只苦殺老母愁煩、想晨昏望兒眼穿、相公、你如今趁有這幾兩銀子在身邊、早早回去、你莫困窮途、速整歸鞭、【末】來與去罷、【丑】

【尾聲】臨行再拜肝腸斷、相公、老爹奶奶在堂、不能報謝、望乞代言千萬、死當結草啣環、

【丑】拜别恩东欲断肠　何年再得侍高堂
【生】休恋故乡生处好　受恩深处便为家

寫出衰殘之狀如畫

繡襦記卷三

第十七齣 謀脫金蟬

［貼上］

［園林好］三竿日紗窗影紅有人在鴛鴦被中睡熟酴醾香夢不知道已晨鐘午飯後近昏鐘

我已着人請賈二媽怎麽還不見來［淨］

［前腔］園花扇低遮醜容一路上無人簇擁空有香風飄動只落得引遊蜂飛攘攘惹狂蜂

呀李大媽喚妾身有何事幹［貼］二媽滎陽鄭

相公他久戀我家、妨占亞仙、不肯接人、又不好撚他出去、特請你來商議、求一妙策、【淨】我聞得鄭公子甚有金銀、爲何要撚他出去、【貼】他在此金銀巳盡了、

【江兒水】買笑經年久、行囊近日空、【淨】既沒了錢吽你的大姐把意思遠些兒、【貼】奈痴兒迷戀多承奉、【淨】怕與他好了、要桃之夭夭、【貼】想夜奔追隨心萌動、【淨】既如此、你把臉兒放下來纔是、

【貼】我嫌疑、他也知惶恐、【淨】如此要畱他、要打
發他、【貼】我進退無謀操縱、請問娘行、何策把
寃家斷送、
【淨】你要打發他去、有何難、他是貴公子、比常
人不同、怎庅好撚他出去、須用金蟬脫殼之
計纔好、【貼】甚庅金蟬脫殼之計、【淨】我與你先
尋下一所房子、你着令愛同鄭元和到竹林
寺求男、就着他央我爲媒、講話之間、急差人

來報、說你偶得暴疾、我先着令愛回來看你、你就悄地撇開後使鄭生回來、我亦撇去、教他兩處無尋、便是金蟬脱殻之計、【貼】只恐㒺他不信、【淨】

【前腔】只說求男女、燒香古廟中、令他訪妾閑談詠、你托疾差人將言㒺、女兒前遣馳飛鞚、潜地行踪移動、教他兩處無尋、做了一塲春夢、

【貼】此計甚妙、多謝見敎、【淨】休謝休謝、我去了

金風未動蟬先覺、暗送無常死不知、[貼]事不
宜遲、且叫女兒鄭相公出來、安穩他去、[旦]
[五供養]琴調瑟弄、母命傳呼、速應相從、[生]囊空
情減殺。禮貌欠從容。登堂胸臆。只恐簧言譏諷。
[合]花紅無百日、開落任東風、質問因由、吾當遵
奉、
[貼]鄭姐夫女兒你過來、[生]媽媽有何見諭、[貼]
鄭姐夫你與我女兒相知歲久、沒有孕嗣、此

不消感德已墮術中矣

間竹林寺神道甚靈、你可備些牲醴、與我女兒同去祈求、倘得一男半女、則我女兒終身有望、日後你便爲官、也棄撇不下、【生】小生囊篋巳盡、何幸眷育海涵、反作百年姻眷、捫懷知感、刻骨難忘、【貼】鄭姐夫何出此言、你與我女兒兩個呵、

【前腔】恩深情重、設誓求男、全始全終、待你祈禱回來、就央賈二媽爲媒、與你結姻、那時節屏

開金孔雀、褥隱綉芙蓉、姻緣重結、一對和鳴鸞鳳、【合】門闌多喜氣、女壻近乘龍、白璧藍田、想伊曾種、

【生】多謝媽媽厚意、【貼】我兒明日同姐夫祈禱回來、就請賈二媽來、【旦】請他來何幹、【貼】自古道匪媒弗克、我央他與你爲媒、【生】正是伐樹須用斧、【貼】引線必須針、【生】明日去竹林院燒香、香紙不曾備、且叫保兒來問他、【丑】相公有

何分付、〔生〕明日要到竹林院燒香祈求男女、
我不知要辦甚麼東西去、〔丑〕
〔玉交枝〕神仙齋供、聞腥羶粢盛潔豐、要三牲酒
醴親賫捧、爇寶鼎沉木香濃、高燒銀燭影搖紅、
〔生〕這些東西明日買罷、〔丑〕明日遲了、須是今
朝置買來朝用、〔合〕這神靈有感必通、願早叶熊
羆吉夢、
〔貼〕保兒說的是、還是今日買罷、就依他今日

日買完倫了更妖[生]
[前腔]我無錢使用典春衣殊覺赧容保見你與
我拿這件衣服去賣了買些香紙牲醴來用
就煩伊置買多勞動[丑]相公衣者身之章不可
賣了[生]我的衣服一年一換穿過就不用了
[丑]這等看起來那來典也是相公穿過的[生]
怎庅來典也是我穿過的[丑]不然如何將他
賣了不用[生]休胡說我志豪邁莫笑身窮鬼

神禱告竹林中夫妻同返桃源洞、〔合〕許配偶忻然相應、〔丑〕要娶大姐、必須得好些禮、〔生〕論聘儀容當補送、

〔尾聲〕娶而不告心惶悚、只索行權曲從、〔丑〕相公你娶了我大姐呵、不似如今這等拘束、任你睡到日高花影重、

〔丑〕喜逢重啟結夫妻　禱告歸來莫待遲

〔生〕借問竹林何處是　赤欄橋過碧江湄

映出教坊巧媚

第十八齣　竹林祈嗣　【貼上】

【步虛】竹林仙院禮三清。歌舞樓臺棄錦箏。日暮焚香繞壇上。步虛猶作按歌聲。

【衆道姑見科】【貼】小道原是教坊司一個名妓。姓曹排行居長。人都稱爲曹大姐。因被媽兒愛了。沒疼熱的錢鈔。不管好歹。因此忿氣出家。道號淨真。我如今識破悲歡離合之情。特修養丹爐。消磨火性。尋幾個烟霞外逍遥善信存一片至誠心、散漫捱光、甚時得到蓬萊、今日四月望日、且喚道姑出來燒些香、[丑]掃地青牛卧、栽松白鶴栖、要知仙女麗、原是教坊妻、院主稽首、[貼]道姑、今日四月十五日、乃天生聖母娘娘誕辰、恐有求嗣的到此燒香點燭、至道臺上禮拜、[貼]

[浪淘沙]瑞艸滿瑤堦、白鶴飛來、香焚栢子碧雲開、一卷黄庭消白晝、萬慮塵埋、

半韵龔人

衆道姑們、伺候着那燒香的施主們來、【衆】知道、【生旦】

【前腔】琳館白雲隈。竹裡門開。飛甍画棟絶塵埃。王磬一聲雲外響。彷彿蓬萊。

【貼】大姐久不到此燒香了、此位相公上姓、【旦】是滎陽鄭相公、【貼】到此貴幹、【旦】奴家目下與他成婚、特來求嗣、【貼】如此請上香、【丑】方纔來到、就上香、待他送下香錢纔是禮、【生】有、自當

禱詞近情
亦不俚

奉謝、[貼]相公請上香、[生旦]拜科[生]

[亭前柳]夫婦願和諧。鸞鶯早投胎。易生還易長。無難亦無災。[合]大開方便門兒待、六道輪迴生化果奇哉、

[旦]神靈願我夫主鄭元和呵、

[前腔]他應試顯奇才。步武上金堦。碧桃和露種。紅杏倚雲栽。[合]大開法濟門兒待、六道輪迴生化果奇哉、[貼]

【前腔】絳燭吐蓮臺。寶篆結雲靄。求兒應副望。孔釋送將來。【合】大開廣照門兒待、六道輪迴、生化果奇哉、

【生】香錢視錢、莫嫌輕鮮、【丑】相公你這每一個標致人、不扯手不像個嫖客、【生】實是輕意、日後容補、【丑】相公如今的世界、千萬個容當再謝、不如一個伏乞笑留、見添些、如何、【貼】不要計較罷、

生 不孝有三無後續　禱告靈神定獲福

今日無官一身閑　他年有子萬事足

第十九齣　詭伐僦居　淨上

福清歌 老年來因無嬌媚不放鬆腳兒還細把持門戶勝男兒只多了丫髻接舊人尚有丰致

前日李大媽央我稅一所房子在此暫住擬賺那鄭元和受人之托必當終人之事少待他來自有道理 生

就要冷了

［唐多令］素手相攜。祛炎扇可揮。不禁汗透碧紗衣。引入槐陰深處。

步步行來遠、遥遥路更長、一灣流水綠、滿地落花香、［旦］可曾到了他家么、［生］此間已是賈二媽門首、［淨］鄭相公貴脚踹賤地、有何見諭［生］二媽、小生此來、非爲别事、［淨］端的爲何事來此、實與老身説知、［生］二媽聽道、

［桂枝香］將欲婚諧伉儷、［淨］原來要娶大姐、且喜

且喜、幾時成就、〔生〕即日筵開羅綺、藍田白玉曾理、雙足赤繩曾繫、〔淨〕你二人到此貴幹、〔生〕浼娘行作伐、浼娘行作伐、〔淨〕只怕没有福、做這個媒人、〔生〕望毋推拒、自當酬禮、〔合〕喜孜孜欲結同心帶、須卿合巹杯、〔淨〕這等說呵、顯得李大嫣識人了、將亞仙與你做夫妻、不枉了一對兒、

後日一定有好處、相公、

〔前腔〕你是青年才子、大姐是紅顏淑女、有緣千

里相逢、此日正宜匹配、吾當贊襄、吾當贊襄玉成其事、成人之美、

既是這般說呵、老身不得不依命作成老身也趂一件襖子穿、【生】自然重謝、【丑】

【不是路】汗奔馳、滿目炎天路欲迷、他新遷寓、尚書府過戟門西、此間已是賈二嫣門首、且駐馬、逕入報知、呀、大姐不好了、【生旦】却是怎的、爲何的言辭急遽無頭緒、【丑】只爲娘一病危、【生】大

媽有甚庅病來[丑]媽媽忽得暴疾、如今將垂
死已[旦]呀、怎庅好、他衣衾棺槨何曾備、[淨]若如
此呵、早爲之計、早爲之計、[生]待我回去請箇
醫人看治、[淨]他病篤求醫、恐船到江心補漏
遲、[生]二媽說那裡話、寧可喞藥而死、我與你同
回去、還尋藥石少扶持、[淨]只有一匹馬、你二人
怎庅同回、[生]二媽有馬、再借一匹、[淨]吾家裡
常時有馬、今無矣、[生]如此怎庅、[淨]把馬先送大

姐去、然後來接姐夫就是、【生】言之有理、你且先行我慢些【旦】你權於此、到家即遣雕鞍至、【生】萬勿遲滯萬勿遲滯

大姐正在恩愛之間、又起這等風波、教我如之奈何、我適纔所言、在此專望來接、【旦】我決不遲滯、【生】你乘不慣、須要仔細、【旦丑下】【淨】

【棹角兒】嘆浮生沒根沒蒂、病衰、年難醫難治、【生】我來時媽媽好好的、爲何就有病起來、事有

可疑[淨]相公天也有不測風雲人豈無不虞
灾異姥將亡無人管最孤恓吾須備齋祭之儀
[生]天將暮矣爲何馬猶不至[淨]眞個馬還不
見來[生]心急如火待我走去罷[淨]這許多路
怎庅走得[生]我心焦如火怎辭勞瘵
[淨]再待一待[生]天已晚了待不得只得走罷
一心忙似箭兩脚走如飛[淨]看他信以爲實
走回去了

【前腔】他那識咱虛情假意，忙收拾遷居行李。黃金殿深鎖鴛鴦。白玉樓空餘燕子。楚陽臺雲雨散。夢魂迷。巫山女何處尋之。眞誠君子。豈知奸宄。走頭無路。中吾深計。

自古道烟花之門、那有眞意、只索離了他、走回去便了、你好苦好苦、

【尾聲】金蟬脫殼潛移徙、焦鹿夢使他無據、鄭郎那、裡、是、長、久、夫、妻、

鄭元和去了、想李大媽已離原宅、妾身也離此處、教他兩處踏空、

【爭】窮途無奔又無投　南去北來休便休

今夜、彩雲何處散、夢隨明月下、青樓

第二十齣　生拆鴛鴦

【貼上】一曲一歌　錯綜如繡

【金錢花】行行離却花衢、花衢、輕輕蹴起纖埃、纖埃、垂楊、江上、立蒼苔、日晡矣、尚不來、日晡矣、尚不來、

老身要脫賺鄭元和哄我女兒同到竹林院求男女就着他去央賈二媽爲媒我巳着人去報忽得暴疾哄我女兒先回來移家到安邑門去住脫離了那窮酸秀才行李巳搬下船只等我女兒如何不見來也【旦丑急走上】

【前腔】忽聞母病堪哀堪哀一鞭馳驟前來前來呀娘你原何獨自立蒼苔使我心驚戰意疑猜使我心驚戰意疑猜

【貼】遠遠望見、却是我女孩兒來了、不免站在江邊、等着他來上船、免得鄭生又來尋覓【旦】娘說你偶得暴疾、孩兒不勝驚駭、馳馬而來、你今爲何獨立在江邊、【貼】我好好的、那有甚麽病、只因鄭元和久住我家、妨占不能脫他、我與賈二媽定下金蟬脫殼之計、我與你如今搬到安邑東門去居住、別尋生意、他那裡來尋我、【旦】倘尋不見、他一定去尋賈二媽了、

風流船家

貼 賺了鄭元和出門，賈二媽也撇開了，叫他那裡去尋。旦 好苦，娘你下得這般狠毒。貼 不消說閑話，快些上船來，你哭他怎的。旦 娘雖則我門戶人家，也要顧些仁義，惜些廉恥，何故這般狠毒，天不容地不載呵。淨

山歌 我做船家愛清奇，滿船常掛月明歸，今日裝了大姐在倉裡坐，好像范蠡載西施。

快下船來。貼

【前腔】驀地搬塲去不來、脫殼金蟬忒使乖、東奔西投無尋覓、賺了個抱負經綸好秀才【旦】

【紅衲襖】他本是抱負經綸一個好秀才【貼】我這樣人家、只愛錢、管甚庅好秀才歹秀才、若有錢便是叫化子也接他、若無錢縱是貴公子也是閑的【旦】娘他偶然墮風塵、却遭着你毒陷害【貼】他自家沒了錢、怎說我陷害他【旦】娘是你親口許我嫁他【貼】這是他有錢時的說話

為他想出淒其

一語寫盡黯淡之景

【旦】我那鄭公子呵辜負了生前結下了同心帶空落得夢中飲合巹杯今日弄得他兩處無尋覓恐教他哭窮途消壯懷多管是減容光誰偢倸一似芙蓉生在秋江上也不向東風怨未開

【貼】事已至此你哭他也是枉然休要哭【淨】

【山歌】不向東風怨未開相思鬱結滿愁懷不是郎君尋人勞健步只爲胸中七步才

貼 莫說七步、就是八步才也難下

紅衲襖 假饒有七步才。學問。該怎識破八陣圖。形勢排。我未見好德人如好色。他自取失身家還失財。舊時的鳴珂巷。空走來。新時的宜陽院。徒自踹。端的是踏破鐵鞋無覓處也。十謁朱門九不開。淨

山歌 九不開。九不開。粧臺明鏡漫塵埃。姐姐打扮好似良家女。寬綽綽衣衫別樣裁。旦

情詞錯落絲恁留戀

一語悽然萬淚俱墮

【紅衲襖】寬綽綽把衣衫別樣裁高聳聳雲髻特地改風月門牢砌了迷魂寨粉骷髏照出了孽鏡臺收錦茵楊柳腰舞不來歛歌喉桃花扇從今賣始信道明年此地知誰在也塵世難逢笑口開

【貼】笑口開笑口開鄭子于今思不諧莫怨他

【淨】

【山歌】塵世難逢笑口開人生離合命安排恩情

妖魑之腸
狐媚之背

有日重相會枉使機關名行乖

小旦

紅衲襖 不是設機關。名行乖。賺得他走路岐。涕泪洒似娘行。不肯招乘龍客。吹簫人。懶再登引鳳臺。長相思。愁悶懷。短相思。眉鎖黛。姐姐你的悶懷呵真個是花影重重疊疊瑶堦也。幾度呼童掃不開。

浮 船已到安邑東門下請大姐媽媽上岸

是箇痴呆
却是好人

【旦】怪底東風惡　摧殘並蒂花
【合】白雲他自散　明月落誰家

第二十一齣　墮計消魂　【生上】

【六幺令】顛危老死、在他人尚要扶持、況吾爲婿感恩私、心急急敢遲遲、不辭辛苦忪歸去、不辭辛苦忪歸去、

適纔賈二媽處、說將馬來接我、久不見至、只得步回、呀、爲何李大媽把門封鎖了、好怪広、

不免問鄰舍家、便知分曉、老哥借問、此間李家為何把門封鎖在此、内應撇去了、生他撇在那裡、這房子是誰鎖的、内應不知他撇在那裡、這房子是曾學士着人封鎖的、生李家撇去、不知分曉、只得還轉賈二媽家去、問他箇下落、忙走科

前腔朱門深閉不知他何方僑居、回頭悵望彩雲飛、天已暮日沉西柰林深路黑難行矣柰林

深路黑難行矣
此去賈二媽家還有五六里之程天色已晚途路又生去不到了不免借這酒館歇宿一宵明日早行店家何在[淨]高懸一燈火應接四方人官人何來[生]我借你館中一宿明日早行行路辛苦有酒看一壺來[淨]請坐酒在此[生]酒保我明日五更就去把門不要鎖了[淨]房錢酒錢都沒有去了那裡來尋你[生]背

無聊之況宛然

[科]正是盤纏一文也沒有在身邊怎庅好罷罷我把這件衣服抵在此明日就來取[淨]也罷典衣沽酒飲開榻任君眠[下][生]亞仙亞仙不知你今晚在何處這酒怎庅喫得下睡又睡不着好悶人呵

[普天樂]想玉人飄泊歸何處沒有半句叮嚀語約先行吾當隨至誰知半路拋離嘆烏鵲無棲止却教我踏枝不着空歸去燈半滅他也羞照

旅行曉景
狀之曲盡

雋句

愁眉潚已斷我猶垂兩淚好懊恨也亞仙亞仙、

我早知如此步步追隨、

呀、天明了、酒保我去也、[淨]不要偷了我的酒

壺去、[生]酒壺在桌上、自家仔細、

[憶鶯兒]聽雞亂啼鴉亂飛野寺晨鐘渡水遲月

小山高星漸稀穿東過西魂消思迷此間是賈

二媽門首、呀、他爲何也把門兒閉、[合]好蹺蹊

美人庭院翻做武陵溪

正門雖則封鎖、那角門半開、待我悄悄進去、呀、爲何一人也無、中門又開在此、上有告示、不許閑人遝入、天巳大明、不免叩門。賈二媽賈二媽、呀、爲何沒一人應、不免進去叫一聲、誰在裡面、〔末〕侯門深似海、不許外人敲、甚庅人在此喧嚷、〔生〕是學生、〔末〕是個秀才、到此有何事幹、〔生〕特來尋鴇兒賈二媽、〔末〕這是崔尚書老爺的百花園、又不是教坊司、麗春院、尋

甚庅賈二媽、[生]昨日小生于此聚會、今日何
故匿之、[末]你無故而來、言無由緒、爲何到說
我匿他、好無禮、打這廝、[打科][生]救人救人[丑]
原來是我大相公、[生]是我、來與救我一救、[丑]
是我舊恩主、放手、[末]既是你舊主人、莫怪了、
[下][丑]相公、你爲何到此、[生]來與一言難盡、我
被李大媽教我與他女兒到竹林院求嗣、就
着我去央賈二媽爲媒、忽報大媽暴疾、喚了

女兒先回、驀地撇開、不知去向、[丑]你怎庅不跟了他、[生]只因無馬、亞仙先回我後至、就不見了、[丑]既不見李大媽、就該去尋賈二媽、[生]賈二媽昨日在此、今日正來尋他、也不知那裡去了、[丑]相公你前日不聽店主之言、果中烟花之計、你今日呵、[丑]

[前腔]無所倚、何所歸、計中烟花追悔遲、身、世、伶、仃、怯、路、岐、鴛、鴦、伴、離、[生]我如今那里去問信好、

【丑】鱗鴻信稀，你今要尋他呵，好似捕風捉月，無憑據。【合前】

【丑】相公老爹奶奶在家懸望，不如趂早回去罷。【生】

【鬪黑麻】我欲賦歸歟，行囊罄澀，欲在此依栖，又無舊識，無伎倆養身策。【丑】在此等科舉，倘然得中，十分之美。【生】我今學業已廢，休擬登科觀光上國。【合】相逢可惜，風波遭陷溺，進退無門進

僕有伊祗意令人酸心

其堪嗚咽

退無門仰天嘆息[丑]相公
[前腔]你帶月行來滿身露濕我這件衣服呵是
白苧新裁未沾汗液相公你平日滿身羅綺你
如今穿這破損衣服怎廝見人我小人這件
衣服雖麤情願奉恩主少遮飾[生]來與多謝
你[丑]相公不要謝還有一貫青蚨你畧支旦
夕[合前][內叫科]來與老爹叫
[丑]老爹叫小人只得去了相公老爹奶奶望

曲中自含悽惶之情

你、可早早回去、免在此玷辱家風、【下】【生】如今往那裡去好

【玉胞肚】只得望門投止、好羞慚、籧篨戚施、想桃源路隔天台、使劉郎腸斷、遐思、一朝無奈、妬花、風、雨、便相摧、兩地、分開、連理枝、

信地行來、此間已是布政里舊店主家、不免叫一聲、有人在麽、【末】是何人、呀、原來是

【前腔】相公來至、爲何足趦趄、吾心有疑、【生】店主

人不好了、果被烟花掇賺、兩處無尋、[末]你被他哄了厶，今日始信吾言、[生]我如今還到那裡尋他好、[末]相公這樣人家、萍踪浪跡、你那裡去尋他、便駕高車駟馬難追、[生]若如此進退無門、不如死休、[末]相公、死有輕于鴻毛、重于丘山、你功名不遂、况説雙親老矣、勸君休要喪溝渠、權在寒家住幾時、

相公敢是未曾喫早膳、[生]昨日到今、水米不

曾打牙哩【末】受餓了媽媽鄭相公在此快看早飯來【淨】

【川撥棹】一碗飯長腰米十八樣小菜兒【末】媽媽怎麽有十八樣小菜【淨】兩賣韭菜二韭一十八穿原來是鄭相公怎的不比往日風流了請早飯【生】我喫不下【末】你肚中饑餓請喫一口【生】我肚中雖餓奈氣恨填胸要喫喫不下【末】相公你且努力加飡你且努力加飡祿享

千鍾自有時【生】謝施恩救我饑、謝施恩救我饑

【淨】鄭相公聞得你與那大姐成婚了、【生】

【前腔】婚姻事、休提起、他哄求子潛脫離、【淨】親也

不曾成、就去求子、可惜你是個秀才、豈不曾

讀大學之書、豈不曾讀大學之書、未有學養子、

而後嫁者也、【末】莫胡言、笑大儒、莫胡言、笑大儒

【生】

【尾聲】撑腸拄腹難消氣、一病多應是死、【末】相公、

可保護萬金之軀、
生感君厚德暫容身　一飯重憐氣莫伸
末惟有感恩并積恨　千年萬載不成塵
第二十二齣　歌郎菀拔
外人爭名利幾時休、昨日紅顏今白頭、自家
京兆府一個老人、蒙本府差管此間凶肆、近
日聞得東西二肆相爭主顧、必來告訴于我、
且待審個是非則個、丑

世間長俊男兒如此經紀

【清江引】孜孜爲利清早起、又有不成人的先入市、主顧搶我的、夜飯沒米煑粥、我家老婆、呷西風、過日子、

自家東肆長是也、專靠做歌郎送殯爲活計、我的主顧、都被西肆長奪去、今日待他來、打他一頓、再作道理【淨】—

【前腔】錢財人手非容易、一個錢當兩個使、人皆買酒吞、我獨喫冷水、要爭口氣、養妻兒、做財主、

〔丑〕財主你爲何搶我主顧、〔淨〕你爲何奪我買賣、〔丑〕你搶我的、到說我奪你的、〔打科〕〔淨〕打得好、打得好、〔外〕業既在凶肆、何必肆其凶、你兩人爲甚厷廝打、〔丑〕聽小人告訴、我兩人都靠送殯爲活、他把我主顧都搶了、〔淨〕他把我買賣都奪了、〔外〕你們是我差官、當以理說、〔丑〕若是以理說、他凶器不如我的鮮明、〔淨〕他歌不如我的悽愴、〔外〕一個誇凶器鮮明、一個誇歌

聲悽慘你二人都有一樣不齊【丑】老官人歌

郎雖不及他的

【四邊靜】我那喪車器用皆完固幡幢間功布存

沒兩輝光佳城送安厝那西肆長搶人主顧絕

人道路仔細算將來如殺我父母

【淨】我凶器雖不及他

【前腔】歌聲悽愴稱獨步蒿里與薤露號泣於旻

天遑遑子求父【合前】

[外]自古喪禮之説與其易也寧戚、臨喪以哀爲本、你二人都率領了歌郎到天門街上賭歌、歌得人悽愴的、主顧都是他的、再不許搶奪、[淨]老官人、我二人不要光賭、各以二萬錢爲據、歌得勝的錢也是他的、主顧也是他的、永不許奪、我和你去、[丑]老官人、喪車我與他賭、歌郎我不與他賭、[外]你聽我道、

休教樂道輀車　歌出哀聲爲貴

淨 優劣公論在人 丑 背地不須講議

第二十三齣 得覓知音

生 病體堪憐在異鄉、歸心今日憶滎陽、黃金散盡無相識、安得良醫說藥方、小生被烟花計賺、無處投奔、多蒙店主收養在家、忽得一疾、十分沉重、死在旦夕、我想起來、無數金銀、一旦廢盡、今日便死、自作自受、固不足惜、只是我爹娘年紀老矣、止生我一身、日夜望我

中舉榮歸誰知死在他鄉呵身子越覺沉重不免少睡片時［淨］

［字字雙］柴如甘艸米如珠凶歲收罸敗子病將危瘦癘呼湯呷水喫他虧悔氣推他出去壑溝渠了事

老身熊店主之妻是也我家老兒沒分曉這般年歲收留鄭元和在家不幸又染起疲癘三日不食倘或差失如何是好如今老兒不

在家只說扶他去討藥、推在凶肆之中、斷送這根苗、多少是好、呀、鄭相公你今日病體如何、【生】不好了媽媽、還有一隻箱、一床鋪蓋、我若死後、可買棺木盛了、寄頓寺中、倘我爹娘差人尋我之時、千萬寄回安厝、我在幽冥感激不淺、【淨】相公、我扶你到醫人家去、取討些藥救你如何、【生】多謝媽媽、只怕走不動、【淨】待我扶着你去、【生】

【步步嬌】我氣息淹淹難調理，應做他鄉鬼。媽媽，我走不動了。【淨】勉強再走幾步。【生】伶仃步怎移。【淨】旣走不動呵，且傍墻陰暫眠凶肆。【生】媽媽，旣是凶肆之中，怎庅教我睡在此。【淨】且在此睡，待我去請箇醫人來看你罷。【生】你請良醫，卽便來扶歸去。【淨】我去就來。【下】【生】

【玉山頹】孤身狼狽，病膏肓死期必矣。三釜養勿及爹娘。九泉恨，兩目難閉。關山萬里誰爲我招

魂翦紙、不見良醫至、姥應歸、教我滿面啼痕卧、落暉、

丑 賭歌欲求勝、潛地覓知音、自家東肆長是也、目下要與西肆長賭歌、哀挽稍劣、如今腰帶二萬錢、到街上尋一個聲音溜亮的、僱他歌一歌則箇、

【步步嬌】欲覓知音人何處、緩步尋凶肆、生 媽媽救我一救、丑 忽見墻陰一病兒、聽他悽愴呻

吟、覷他形容如鬼、[生]救人、[丑]這般一個病人爲
何倒在此待喘息定移時對我說詳細、[生]
[玉山頹]沉痾將危、被主人妻棄我路岐、望君家
援救殘生活、窮鱗望施升水、[丑]你姓甚名誰、[生]
元和鄭氏、[丑]我曉得你你是讀書人、必諳喪禮
[生]喪家禮是吾餘事、[丑]你做嫖客、必會歌唱、
聲音如何、[生]聲音甚是溜亮、[丑]若如此隨我
回家去、唱蒿里薤露、兼歌何易稀、

【生】敢問長者何處高姓、【丑】我就是東肆長、近日要與西肆長賭歌薤露、你今隨我回去、教熟歌詞、倘得取勝、自當重謝、

【丑】薤上堪憐露易乾　歌來聞者便心酸

【生】少箇悽愴須教熟　百客人前出衆難

第二十四齣 逼女逢迎

【貼上】

【出隊子】香消蘭麝、香消蘭麝、絲索流塵暗錦箏、階前草色入簾青、聽別院笙歌聲沸鼎、偏有吾

家無人及門、

老身李大媽是也、當初掇賺鄭元和、指望我女兒另尋孤老覓錢、誰想他只思着那酸子終日掩鏡悲啼、再不肯接人、且喚他出來、打上一頓、要他接客、多少是好、亞仙那裡、【旦上】

【霜天曉角】飄蓬斷梗、蹤跡應無定、雙、鯉、江頭絕、信、孤、鸞、鏡、裡、傷、情、【見科】

【貼】賤人、我家不耕不織、止靠你覓錢養家、你今故意面垢頭蓬、終日悲啼、如何是了。[旦]奴家與鄭生誓同生死、一旦被你撥賺、不知存亡、使我憂心悄悄、待死而已、何暇倚門獻笑誘人財物。[貼]賤人你看別人家鬧熱烘烘、惟有我家呵、

[泣顏回]車馬寂無聲、嘆雀羅可布衡門、不見俗語云、良田萬頃、不如日進分文、思之可嗔、那酸子有甚庅好處、你鎮朝昏掩泪也、慵臨鏡、

誰知風塵裹猶有傲霜節

聲調亦自楚楚

讀至良家淫奔語爲之掩卷

賤人你青春能幾何哉你看這般嘴臉呵呵比昨時越減精神【旦】

【前腔】堅貞立志脫風塵【貼】落在風塵中了守甚広堅貞【旦】誰道章臺楊柳翻成嶰谷松筠愁眉鎖黛遠山画筆無憑愛黃花滿庭傲霜枝禁得那西風緊久忘情秋月春花早灰心暮雨朝雲【貼打旦科】

【撲燈蛾】賤人不思忖賤人不思忖良家且淫奔

你旣落烟花寨、休思百世流芳也、那書生薄倖
又不曾花燭結婚姻、却爲何恁般執性、打敎伊
務必棄舊去迎新、旦
前腔青樓懶再登青樓懶再登、空閨守貞靜、鎭
把重門掩、自許塵心洗淨也、貼賤人不要謊迹
錢、標致孤老接着一個、也强如孤眠獨宿、旦
任芙蓉帳冷、不慕玉堂金谷靄春温去舊染、修
身謹行、喜瑩然白璧、何愧玷青蠅、貼

凑語

【尾聲】賤人堅執不從順、對我公然強硬、賤人好

好聽我說、重整新粧去倚門、

我這烟花中、守不得貞、撇不得清、

【貼】菱花獨對試新粧　消瘦容顏秖爲郎

【旦】閉門不管窗前月　一任梅花自主張

第二十五齣　責善則離

【末】自家宗祿是也、俺老爹在此述職、纔方跟

隨訪友到此、忽見天門街上東西囚肆賭唱

寫景正在有意無意之間丰神更自秀冶

歌詞、那善唱的歌郎、聲音舉止、儼然似我家大相公模樣、不免將此情報與老爹知道、呀、老爹來了、【外上】

【新水令】杏園東去曲江西、約同僚一船回去、嘆故人青眼稀、覓舊題、蒼苔翳、鳳闕崔嵬、仰瞻在白雲深處、

宗祿、行李可曾收拾完、【末】俱完了、小人有一言告稟、【外】有甚麼說話、【末】只見

對自工緻

【步步嬌】天門街上人如蟻、不免偷怯覷、都是東西凶肆在那裡賭歌、小人呵見歌郎貌甚奇、那歌郎與我大相公、行藏聲响、渾然無異、【外】旣有此事、爲何不問一聲、【末】我也欲問因依、又恐他不是、【外】宗祿、

【折桂令】那歌郎雖是清奇、豈是吾家千里之駒、此話休題、此話休題、我兒金多被盜久喪溝渠、他身不到帝闕金闈、名已登鬼籙陰司、【末】老爺

天下没有這樣相像的、定是他、〔外〕也不可就信眞了、你與我訪箇端的免得我生疑那年少伊誰與我兒一樣丰姿。

〔末〕老爺且在此坐、那歌郎都到酒樓上買酒喫去了、少不得在此經過、待他來時小人留他來見老爺、〔淨扯生上〕〔生〕你扯我怎麼〔淨〕

〔園林好〕白馬篇唱得不低、二萬錢使我頓輸、〔生〕官差作証、贏你的、不是奪你的、〔淨〕可怪你是

來歷不明之子結扭去告官司結扭去告官司

[打生科][生]地方救人[末]不要嚷放手[淨]他奪了我的二萬錢去[末]他叫甚庅名字[淨]他叫做鄭元和[末]你還不知道他是常州府太爺的公子父親朝覲在此你這光棍到要詐他的錢拿去見老爹[淨]大叔小人不知望饒放了罷[下][末]大相公老爺在此[生]大哥不要認差了我不是甚庅大相公[末]小人是宗祿怎

打千里駒、
正須馬棰

庅不認得、【生】我也不認得甚庅宗祿、且放手
【末】我决不放你、老爺、大相公在此、【外】
【雁兒落】呀我聞説你爲金多死盜賊、誰想你流
落在卑汚地、做歌郎歌薤露詞、做歌郎歌薤露
詞、那裡是念之乎者也兒、
宗祿取馬棰來着實與我打、【生】爹爹饒了孩
兒性命罷、【外】你這不肖子、那許多輜裝都那
裡去了、【生】

江兒水被盜刼輜裝去。外那樂秀才在那裡。生爲財疎朋友離。外來與在何處。生來與也逃走了。孤身淪沒在泥途裡更遭疾病多狼狽。外一向在那裡。生幸逢肆長加恩惠。館穀虧他周濟。外他旣館穀你爲何又做歌郎。生爲感恩私。權做歌郎報取。外

得勝令呀我指望你步青雲登高第。却原何褁烏巾。投凶肆。廣寒宮懶出手扳仙桂。天門街強

豈不慚愧

出頭、歌蒿里、不肖子您也曾讀詩書、怎不知廉恥、積德門閭、到養這等習下流不肖子、

宗祿與我着實打、[生]爹爹不是孩兒要做這樣勾當、[外]不是你做、却是誰做、[生]

[玉交枝]因遭顛沛、故從權徑竇奔馳、不踰閑大德兒無愧、[外]做這樣勾當、還教是無愧、氣死我也、[生]孩兒也是出于無奈、執卑聊表微軀、[外]還要強辨、宗祿與我打死罷、[生]爹爹、虎狠尚

至此老鄭、亦當動念

然不食兒可憐骨肉當饒恕望爹爹深垂憫慈、論至親莫如父子

外 不肖子你志行如此污辱吾門、有何面目復相見也宗祿與我一下打死、免得玷沒我家風、

生 爹爹容孩兒回去見母親一面、情愿就死、

外

沽美酒 你要到高堂慰別離、休指望帶伊回、宗祿與我剝了他衣服扒牛馬襟裾却去除教

死後猶懷餘忿鄭老可謂鐵腸

他精皮膚受鞭笞打厷、[末]老爹勾了、請息怒、[外]
[自打科]打教他血流漂杵、我教這不肖子、[末]
呀大相公死了、[外]三魂喪纔中吾意、七魄散
就棄瀟渠、不肖子你歌薤露送人之死、你今死
誰歌蒿里、你今死吾心方喜、[末]大相公已死了、
[外]死了、纔出俺心頭惡氣、
宗祿把尸首與我拋出去、[末]老爺可憐、念父
子之情、買一棺木盛殮回去、[外]這樣不肖子、

留他尸首怎庅與我撇在荒郊野外去【下】【末】

可憐可憐【背生科】

【尾聲】千金軀棄荒蕪地、這搭地到好、不免放在此、剛放下你看蠅蚋紛紛來至、老爹你一時之怒打死了他、若見這樣呵、隨你鐵打心腸也痛悲

屍棄荒郊外　孤魂甚日歸

何人陳薄奠　誰與飯來追

太守不如肆長多矣

第二十六齣

畢田救養

丑 年少郎君罹禍亡、死于非命實堪傷、自家東肆長是也、前日與西肆長賭歌、得蒙鄭元和歌勝、贏了二萬錢、奪回主顧、不想他父親知道、把他打死、棄尸野外、他一命由我而亡、于心何忍、我今去尋着他尸首、權把蘆蓆包裹、再買口棺木殯殮、聞得丢在郊外、不免去尋看、呀、果投在此、蝇蚋紛紛食肉、可憐可憐、

洞仙歌郎君一命危、自咱負累伊、把葦蓆來包裹少閒盛殮之、再拜泪雙垂、英魂隨我歸、免做荒郊鬼、

且依放此處、去買棺木來盛殮、下淨

前腔朝聞歌楚詞、日暮身亡矣、呀、蘆蓆包裹、是個死人、怎庅在裏頭掙動、待我打開來看、呀、原來是鄭元和、聞他被父親打死了、怎庅又活將轉來、試摸胸次温和、沉沉脉息微、待我

叫他一聲鄭元和、生噯呀、救人、淨好了活轉來了、我悄地自馱回、還將藥石醫、留他在甲田院裡呵、不怕無生理、

低聲喚醒元和　馱回院裡調和

聞說救人一命　勝造七級浮屠

第二十七齣　孤鸞罷舞

旦上

月兒高深秋時候、簾幙西風透、延佇東籬畔、人比黃花瘦、拋閃多才、要見不能勾便做話別臨

宛轉悲楚曲盡哀怨之音

岐尚兀自牽衣執手何況驀地教他無奔投野
艸閑花滿地愁
郎如柳絮被風顛飄泊堪憐妾心如藕亂絲
牽折斷猶連江上魚沉雙鯉鏡中影弔孤鸞
別時容易見時難悶倚闌干奴家被娘做成
圈套掇賺鄭郎不知他流落何處我想他故
鄉羞轉盤纏又無多應悶死了縱然不死知
他如今在那裡

沂自有情

前腔 窮途奔走，纍纍喪家狗，怎得還鄉里，何日功名就。願他早到鵷班，又恐撇下鴛鴦偶。天那，我有萬千心事，怎能勾見他，除是夢裡來相會。重把衷腸分剖，默默相思淚暗流，羅帕薰香病裏頭。

夜已深了，不免睡罷，睡便去睡，孤枕憂思怎生挨到曉呵，鄭郎和你幾時得見呵。

帳冷芙蓉夢不成，知心人遠轉傷情，

枕邊泪似堦前雨。隔了牕兒滴到明。

第二十八齣　教唱蓮花

【丑上】此等事業從風流中得來

【水底魚兒】跛足難行、經年不出門、卑田甲長所任信非輕、

自家是卑田院甲長是也、收養跛聾殘疾鰥寡孤獨之人在此、着他各處叫化養活、我哥哥没分曉、日來收個病漢、叫做鄭元和、兩腿潰爛、穢不堪聞、今雖將養得好、那人擔輕負

極像

重不得、養他何用、不免叫哥哥出來、打發他
去、咊、哥哥已來了、[淨]
[前腔]薄、藝、隨身弄蛇弄猢猻、終日酩酊濁酒滿
瓢、吞。
兄弟、你叫我則甚、[丑]哥哥你馱那鄭元和回
來調養、如今病已好了、他到喒自在飯、我毎
辛辛苦苦、叫化來養他、如今叫他出來、也要
去叫化、若不肯去、趕他直走、[淨]我當初也是

這個主意。故此收留來家。待我叫他出來。鄭元和。生

似娘兒死裡復逃生。畢田院聊寄殘形。深秋無奈兼貧病。衣衫襤褸。語言無味。面目堪憎。

二位甲長不知呼喚小生有何見諭。丑鄭元和好自在性兒。我弟兄辛辛苦苦。日夜叫化。你到喞見成的。生小生坐食也自覺惶恐。丑

羅帳裡坐你並無一長可取。又無門路可授自

古道寧分數斗莫增一口你今休怪當場出醜、
勸伊莫待雨淋頭早趂晴乾急走、【生】
【前腔】念我一身狼狽、況無親識見憐望君收録
感恩非淺、【丑】這個休説、難道只管養你、【生】我願
爲乞丐、【丑】你怎麽幹得這樣的卑賤事、【生】到此
地位、也説不得了、怎辭卑賤、【淨】只怕你害羞
不肯叫老爹奶奶、誰肯與你東西、【生】我把遵
花落唱出叫求錢、望老爹奶奶方便【丑】你口聲

不像叫街的、待我二人教你、[教諢科]

[淨]願唱蓮花落　[丑]沿街做乞兒

[生]情知不是伴　事急且相隨

繡襦記卷四

第二十九齣　聞信增思

〔貼上〕〔剔銀燈〕家冷落、教人可怪、女孩兒愁眉攢黛、閑門不肯迎冠蓋、終日裡無聊無賴、賤才爲寃家掛懷、不與娘掙財、

安邑東門僦住居、門前冷落車馬稀、〔小旦〕瑤琴塵暗鐘聲遠、輪與銀箏動富兒、〔貼〕老身自移居在此、爭奈我女兒終日想着鄭元和、誓

不接客、如何是好、方纔崔尚書與曾學士要來我家賞桂花、就央他勸我女兒、仍前接客、多少是好、銀箏、看茶酒伺候、淨

菊花新

歌臺舞榭日徘徊、一曲清歌酒一盃、小生乘暇且追陪、百歲幾逢佳會、小旦銀箏磕頭淨小生免禮起來、貼二位老爺拜揖淨一向聞得你女兒爲了舊日的好孤老不接客、我們在此、難道他也不出來、貼

怎厺敢亞仙崔老爺在此快出來【旦】身子不快不來【淨】哄他只説鄭相公有個消信在此

【小旦】姐姐鄭相公有信來也【旦】

【海棠春】離恨好難排勉強迎冠葢

【見科】【淨】亞仙請我一請報你一個喜信【旦】甚厺喜信【淨】當初鄭元和與你好當不得這好孤老三字如今實受孤老了【旦】怎厺實受孤老【淨】你是個聰明人猜一猜【旦】要奴家猜厺

【漁家傲犯】莫不是驥尾蠅隨歸去來、○【淨】那裡有便人帶他回去、【旦】莫不是又追歡上花柳街。○【淨】嫖本也没了、還上甚庅花柳街、【旦】莫不是成了功名誇拾芥。○【淨】書本也丢了、誇甚庅功名拾芥、【旦】莫不是在窮途做乞丐、○【淨】這箇到猜得七八、【旦】這言怎生使我猜、○如今他在那裡、【淨】朝東暮西、那有踪跡、【旦】若尋得他見呵我。○欲贈雙頭金鳳釵、【淨】乞丐要釵也没用、人見了

悽傷之調亦復姸媚

反做賊拿【旦】好苦只落得界破殘粧泪滿腮【淨】亞仙明說與你知道罷鄭子一寒如此哉語言頹瘦骨骸風雪有情歸尾鑵雨雲無夢到陽臺【旦】他如今果然做甚広勾當【淨】歌殘世上蓮花落忘却天邊桂子香試看身衣鶉百結盡是風流換得來【旦】天那

【梧桐樹】只道你逢舊識只道你歸鄉國只道你

一語含無限哀怨

不成學士語

攻書、只道你陳廷策、今日忽聞忽聞這惡消息、一似五綵文鵷斂羽植荆棘、使我兩泪交頤、掩面空悲泣、罷罷青樓顰笑、從此都收拾、【淨】

【東甌令】他流汚下、你休怨憶、你落在風塵中了、空自貞堅人不識、【淨小生】世間那有這痴心的人、眼前夫在妻淫奔、情竇尚窺覓、難道你磨而不磷、湼而不淄、潔白似崑璧、【旦】

【尾聲】玉郎飄梗無蹤跡、空想丰神何處覓、從此

幽冷之景如在目前

纔成學士語

帳冷芙蓉秋月白

[淨]痴妮子想那吽化頭怎麽不如陪我們賞桂花散悶却不好[旦]妾聞此消息方寸亂矣有何心緒賞桂花[淨]如此真個不見人了[旦]抱怨空歸閣無心賞桂花[下][淨]這賤人好無禮公然去了吽小廝嬦了他的髩毛[小生]老先生娼妓守志古今難得我和你成人之美纔是怎麽到壞他節行着銀箏唱曲奉酒有

何不可、淨有理有理、銀箏你遞酒、不要學那
歪貨、淨摟小旦科小旦我與老爹到有一半
好、淨怎広一半好、小旦你歡喜我、我不歡喜
你、却不是一半好、淨原來也是不歡喜我的、
小旦取笑取笑、請看花、奉酒科淨
山花子廣寒仙桂香無賽、姮娥親手栽培、被區
區和月掇來、人間傳得根荄、合看繁英金粟亂
開、美人玉纖輕折採、一枝斜壓白玉釵、香淩金

盃歡飲開懷、【小旦】

【前腔】枝柯碧翠多瀟灑、清高不染塵埃、散天香薰透骨骸、龍涎奚足稱哉、【合前】

【小旦】二位老爺月上了請玩月【奉酒科】

【紅繡鞋】一輪月、滿瑤臺瑤臺、涼颼輕捲陰霾、陰霾、如寶鑑把塵揩、【合】輝玉臂、耀金釵、移桂影轉瑤階、【衆】

【前腔】羽裳一曲新裁、新裁、宮商高下、和諧和諧、

珠錯落顯奇才【合前】

【尾聲】南飛孤鵲無依賴、觸景教人感慨、怎能勾千里人從月下來

萬里山河秋寂寂　千門市井月漫漫
此生此夜不長好　明月明年何處看

第三十齣　慈母感念　【貼上】

【憶秦娥】梧桐雨瀟瀟、窗外添愁思、添愁思、兒夫入覲何時來至

遭時否豈
因不肖

與郎計水程，九月定到家，芙蓉黃菊蘸，爛熳齊放花。奴家鄭太守之妻是也。相公上京入覲，臨行之時，再四叮嚀，到京訪問孩兒消息。一去許久，不見回來，如之柰何。好似和鍼吞却線，刺人腸肚，繫人心，好苦也。【外】別了夫人上京朝覲，探問孩兒消息，誰知此子不成才，被我打死。夫人問我，怎庅回他。

【前腔】孩兒不肖遭時否，一時打死成拋棄。【末】成

抛棄夫人知道、定教心碎、

【外】人似天邊雁、離京已到家、【貼】相公回來了、途路風霜不易。【外】夫人辛苦休題、【貼】相公你訪問孩兒消息如何、【外】夫人元和不死、【貼】既不死、且喜且喜、孩兒如今在何處、【外】不要說起、那不肖子他將金銀費盡、却在天門街上做歌郎、我見了他、不勝一時之怒、被我一頓打死了、【貼】打死了、【外】實是打死了、【貼哭倒科】

啄木兒聽說罷心痛悲我那兒駭得我魄散魂飛一似癡我那兒怎能勾扇枕溫衾空想你戀別牽衣相公我三年乳哺多勞瘁你一朝何忍輕拋棄父子五倫之大你今一旦打死呵使父子絕倫恐非人所爲外

三段子晚年養渠紹箕裘深慚有兒令他赴舉望成名光耀里閭他自甘流落卑汚地將咱玷辱難饒恕死有餘辜何足追悔貼

【啄木兒】看你形容悴血氣微短髮蕭蕭境落暉嘆老景誰奉肥甘葬佳城誰舉靈輀書香一脈何人繼孤魂休望春秋祭你我年已七十並無子息可不苦殺我窮人無所歸【外】

【三段子】反而自思夫人着他赴舉指望榮顯誰知流落做這樣勾當辱門墻不如沒兒百年做鬼且休題不耕而餒與其不肖把家私廢何妨一旦鞭箠斃【貼】也不思日後有誰收拾你的

說得可憐

屍骸〔外〕豈有玉函無人來掩瘞〔貼〕你看

〔尾聲〕寒沙夕照荒郵裡舉目不堪愁思我兒你怎如踦犢跳驤也得隨母歸

〔貼〕相公你當初無子千方百計求男禱女五旬來止得一子非爲容易你今因小過將他打死使鄭門之嗣斬絕你我年皆七十舉目看誰終身之事如何是了〔外〕夫人這個何愁吾家族屬蟬聯待我擇一個昭穆承繼便了

你哭也何益于事【貼】昭穆之人終非骨肉自古道虎狠不食兒你把自家骨肉傷殘兀的不痛殺人也【外】人已死了哭便怎庅我妾媵無數或者天可憐見還生一個好兒也未可知

【外】莫惜青春喪異鄉　免教玷辱我門牆

【貼】從今不敢高聲哭　只恐猿聞也斷腸

第三十一齣　襦護郎寒

【旦上】

【一江風】雪兒飄四野彤雲罩萬徑人踪杳想多才流落何方天那應做窮途苹恩情一旦拋恩情一旦拋鱗鴻萬里遥細思量似把心腸絞倦倚繡床愁不寐緩垂綠帶髩鬟低玉郎一去無消息一日相思十二時自從鄭郎被賺不知下落奴家日夜縈心前日崔尚書説他在外求乞銀箏不知此言果否【小旦】姐姐崔老爹見你想他故意哄你姐姐如何就認真

像個乞兒

旦 銀箏、今日大雪、求乞的甚多、倘有叫街的門首過、叫個進來、我問他一聲、或得鄭郎消息、未可知也、不旦 小姐、你聽鼓板咚咚、又是一起叫化的來了、旦 取針線箱來、我做些針指、待他門首過、叫個來我問他、生同淨丑衆乞丐上 生

沽美酒 鵞毛雪、滿空飛、破艸薦、葢着羊皮、殘羹剩飯口中嚼、李亞仙你怎知、破帽子在頭上搭、

破布衫露出肩甲。腰間繫一條爛絲麻。脚下穿一雙歪烏辣。上長街又丢抹。咱便是鄭元和家業使盡待如何。勸郎君休似我。【衆合】小乞兒捧定一箇瓢。自不曾有軟飽。肚皮中捱饑餓。頭頂上瑞雪飄。最苦冷難熬。正遇着嚴冬嚴冬天道。凜凜的似水澆。凍得咱來曲折了腰。呀有那個官人每穿破了的綿襖。戴破了的舊帽。殘羹剩飯。捨些與小乞兒嚼。因此打上一回哩哩蓮花

是一幅陽春圖

哩哩蓮花落也。【衆】

【前腔】一年纔過。不覺又是一年春。哩哩蓮花哩哩蓮花落也小乞兒也曾到東嶽西廟裡賽靈神。哈哈蓮花落也、小乞兒搖搥象板不離身。哩哩蓮花哩哩蓮花落也、只聽鑼兒錫錫錫。鼓兒咚咚咚。板兒喳喳喳。笛兒支支支。罬里罬里罬罬里罬里罬、小乞兒便也曾鬧過了正陽門。哈哈蓮花落也、只見那柳陰之下、香車寶馬。

高挑着鬧竿兒，挨挨拶拶，哭哭啼啼，都是女妖娆。哩哩蓮花哩哩蓮花落也又見那財主矮荒郊野外，擺着杯盤，列着紙錢，都去上新墳。哈哈蓮花落也。生

醉太平　畢田院的下司劉九兒宗枝，鄭元和當日拜爲師，傳與俺蓮花落的稿兒，抱柱杖走盡了烟花市，揮筆寫就了龍蛇字，把搖𢶍唱一箇鷓鴣詞，這的不是貧雖貧的浪子。衆

一年春盡不覺又是一年夏。哩哩蓮花哩哩蓮
花落也。只見那財主每。涼亭水閣。散髮披襟。
手執紈扇。氷盤沉李賞浮瓜。哈哈蓮花落也。又
只見一隻小舟兒輕搖謾棹。短纜孤蓬。提着鮮
艸。穿着魚頭。手執蓮臺賞荷花。哩哩蓮花哩哩
蓮花落也。驚起那水面上鴛鴦兒。一雙雙。一
對對。忒楞楞騰。忒楞楞騰。飛過了浪淘沙。哈哈
蓮花落也鏤金的破瓢。碾玉籹成金繫腰。這

鳳流如許是亦才致所成

話教人笑我在鶯花市上打圍高吽化些馬打郎羊背皮通行鈔吽化些赤金白銀珍珠瑪瑙吽化些雙鳳斜飛白玉搔敎化些八寶粧成鑲嵌絲吽化一個十七十八女妖嬈在懷兒中摟着因此打上一回哩哩蓮花哩哩蓮花落也［衆］一年夏盡不覺又是一年秋哩哩蓮花哩哩蓮花落也只見那財主們揷着黃花簪着紅葉飲金甌哈哈蓮花落也可憐那小乞兒寂寂寞

夜閒愁三字下得妙絕

寞夜間愁哩哩蓮花哩哩蓮花落也又見那北來的孤雁兒伊伊啞啞過南樓哈哈蓮花落也叫着那個官人們娘子們有甚麼喫不盡的饅頭皮兒包子嘴兒蔴餅屑兒饊子股兒共饝饝哩哩蓮花哩哩蓮花落也捨些與小乞兒也強似南寺燒香北寺看經請着和尚喚着尼姑洴洴澎澎叮叮咚咚打着鐃鈸持齋把素念彌陀哈哈蓮花落也〔生〕

游戲之語堪爲三倒

【醉太平】遶前街後街高大院深宅、那一個慈悲好善女裙釵、與乞兒一頓飽齋、與乞兒換一床鋪蓋、與乞兒一副合歡帶、與乞兒攜手上陽臺、這的不是救貧的奶奶衆

一年秋盡、不覺又是一年冬、哩哩蓮花哩哩蓮花落也、只見操綿下絮舞長空、哈哈蓮花落也、可憐見小乞兒曲曲深深把身躬、哩哩蓮花落也、只見那個頭頂上淅淅索索起了幾

陣臘梅風。哈哈蓮花落也、只見那財主每紅爐煖閣。羊羔美酒擁嬌娥。哩哩蓮花哩哩蓮花、落也、我想有時節羢毛毯兒。高麗蓆兒。紅綾被兒。那些鋪蓋睡了好快活。哈哈蓮花落也、〔生〕〔醉太平〕貧窮的志高。村殺我俏難學。教乞兒苦熬。戴一頂半新不舊烏紗帽。穿一領半長不短黃麻罩。繫一條半連不斷舊絲縧。這的不是風流每的下稍。〔淨〕如今各人分路去、鄭元和你今

是個有來頭的叫化

日往安邑東門去、眾下生老爹奶奶好冷、旦銀箏、你聽外面叫街的聲音、好似鄭郎的、小旦待我看來、叫街的轉來、生奶奶求討些、小旦看你不像叫化的、生娘行每、娘行每聽告、叫化的也有些低高、遠在山林近市朝、有錢時也曾象板鸞笙間着鳳簫、俺也曾月夜花朝、鳳友鸞交、結騌帽兒戴着、白玉鈎兒束着、琥珀珠兒垂着、紵絲襖兒穿着、斜皮靴兒登着、襪子也

一了百了
怎麼了

是羢毛、五花馬兒騎着、獅猁狗兒隨着、來興童兒跟着、身邊帶着寶鈔、撞着一個妖嬈、他把咱來相招、引入了窩巢、日日花朝、夜夜元宵、樂樂滔滔、快活逍遙、【小旦】既是這般受用、怎庅出來叫化、【生】今日裡身子嫖得窮了、結鬃帽兒壞了、白玉鈎兒斷了、琥珀珠兒撒了、紵絲襖兒當了、斜皮靴兒綻了、羢毛襪子破了、五花馬兒殺了、獅猁狗兒死了、來興童兒賣了、單單剩得個軀勞。身邊沒了寶釵。老鴇兒將我絮絮叨叨。把我趕出門來。受了多少苦惱。李亞仙不知那里去了。鄭元和不得已了。因此打上一回哩哩蓮花哩哩蓮花落也。

【小旦】你敢是滎陽鄭公子麽。【生】我就是鄭元和。【小旦】呀。姐姐。鄭姐夫在此。【旦】在那裡。【小旦】這不是他。【生】奶奶求討些。【旦】這就是他。天那

【香柳娘】看他似饑鶉叫號。看他似饑鶉叫號。恁

繡襦比來與那襖何如

般苦惱、生皇天好冷、求討些、旦我聞言不覺心驚跳你不認得我了、我是李亞仙、生原來是大姐、旦你怎厷這般模樣了、看肌肉盡消、看肌肉盡消、生皇天好冷、病骨冷難熬、遮身無破襖、旦解繡襦裹包、解繡襦裹包、且扶入西廂煖閣、免教凍倒、

生我這般模樣、大姐我不進去、旦令你一朝及此、妾之罪也、快進去不妨、生只怕累你受

氣【旦】今日弄得你這般模樣、我就死也無怨恨、請進去、【小旦】姐姐待我去看些火來、【貼】甚
庅人喧嚷、
【前腔】聽西廂煖閣、聽西廂煖閣、爲何鬧炒、【小旦】
媽媽、鄭姐夫在此、【貼】這寃家誰引他來到、【生】
媽媽可憐、【貼】你看他枯瘠疥癩、殆非人狀、快
推出市曹、快推出市曹、遍體臭腥臊、蓬頭一餓
莩、這般模樣呵、想死期將到、想死期將到、若有

炎涼世眼
都是烟花
世界

人知官司怎了

快趕那吽化頭出去〔旦〕娘聽兒告稟他乃是宦家子也昔日驅高車持金裝至孩兒家不逾年而蕩盡你與賈二媽互設詭計捨而逐之殆非人行令其失志不得齒于人倫父子之道天性也使其情絕殺而棄之又困躓若此天下之人盡知爲孩兒所害也況此子親戚滿朝一旦當權者熟察其本末禍將及矣

丈夫識見豈復無鬚眉

況歎天負人鬼神不祐徒自貽其殃耳請細思之【貼】你待要怎広【旦】孩兒今年已二十歲矣計其資不啻値千金今娘年六十有餘願計二十年衣食之用以贖身當與此子別卜所居所居非遥晨昏得以温凊兒願足矣【小旦】媽媽姐姐不接客立志堅貞你雖不容他他也不肯干休況那鄭姐夫呵

【前腔】他是儒林中俊髦他是儒林中俊髦他父

親呵、官居當道、倘一朝事露娘圈套、這罪名怎逃、這罪名怎逃、尋出禍根苗、撰錢樹皆倒、顧救他潦倒、願救他潦倒、從姐所言不須推調

【貼】決不容他、【旦】娘若不從、孩兒投金于水、尋個自盡、看你靠誰、【貼】咳、看這丫頭行徑呵、

【前腔】想立志已牢、想立志已牢、只得憑伊計較、依便依了你、把黃金囊橐須傾倒、丫頭你好痴心、覷他人形貌、覷他人形貌、似蛇虮不成

蛟龍門怎高跳、賤人你只圖旌表、你只圖旌表、
要做夫人位高、五花官誥、
你既如此、離北隅四五家、有一隙院可棲而
居、【旦】謹依尊命
【貼】貧寒冷徹骨　【生】保養顧施恩
【旦】受盡苦中苦　方爲人上人

第三十二齣　追薦亡辰　【貼上】

【霜天曉角】亡兒生忌、娘反持觴祭、不見膝前嬉

戲空遺五采斑衣、

有子喪他邦、教娘倍感傷、敝衣尚懸架、感痛何時忘、孩兒元和、身喪他邦、今日是他忌辰、昨已分付乳母、備辦紙帛牲醴祭奠、乳娘何在、丑奶奶、祭禮已完備了、貼哭科我兒當初只望你早扳仙桂、穩步青雲、饗你五鼎之儀、顯我三遷之敎、今日呵、到教我

錦堂月無穴埋尸、何時瞑目、我那兒誰人掩覆

淚應猿聲落

鐵心亦摧折

藁裡、我猶望生還晨昏鎮倚門閭、不念我鬢着秋霜、反爲你魂消夜雨、[合]愁提起、看取舊日衣裳是娘親製、[丑]

[前腔]塵几、筆網蛛絲、書從蠹走、牙籤帙亂離披、牆倚韓檠、恐教腸斷慈幃、你本是上國名儒、今做了窮途餓鬼、[合前][外]

[醉翁子]悄地聽老母哀哀哭子、恨昔日無思教我不勝追悔、[貼]你將他打死、今日思量他怎麼、

【外】聽取當不得庭前反哺、慈烏夜月啼、【合】身後事倩誰葬、佳城紼引靈輀、【貼】

【前腔】過隙論光陰、人生能幾、你七衮龍鍾、枯腸枉自生穢、【外】堪悲嘆月冷沙寒、老蚌何由重孕珠【合前】【貼】

【僥僥令】招魂空剪紙、觸物動遐思、恐看寄壘、人家雙紫燕、母子自喃喃、引數飛、【貼】

【前腔】百年無後嗣、千里喪神駒、不及蹇步駑駘、

渾無恙也得驟雲衢上帝識〔外〕
〔尾聲〕噬臍莫及徒追悔可惜我嗚呼老矣簪笏何人傳繼述
〔小生〕紫詔傳天語黃堂報喜音驛丞見〔外〕驛丞何幹〔小生〕浙江一個舍人賫通報在此老爺高陞了成都府共兼劒南採訪使〔外〕取上來看吏部一本爲缺官事劒南缺採訪使推得常州府刺史鄭儋政事優爲才能勝任堪

陛成都府府尹兼劍南採訪使奉聖旨是我知道了驛丞去罷〔小生下〕〔醜〕相公你年老無子枉自碌碌不如乞休回家自在何如

〔貼〕禮云七十可休官　又荷君恩陛劍南

〔外〕白髮烏紗心尚赤　安民報國亦何慙

第三十三齣　別目勸學

〔旦上〕

〔金瓏璁〕賣釵收古典勸郎希聖希賢窮理義坐青氈

倒橐收回萬卷書明牕淨几惜居諸寒灰餘燼借吹噓三寸舌爲安國劔五言詩作上天梯願郎他日錦衣歸奴家自與鄭郎沐浴更衣稅一書院另居且喜數月肌膚稍腴卒歲平愈如初奴家勸他斥去百慮以志于學俾夜作晝今已三載業雖大就再令精熟以俟百戰多少是妳說猶未了鄭郎已到【生】

【前腔】命途遭偃蹇鴻鵠暫困林間毛羽長看孤

到底是乞兒說話

餐、

曰 官人、妾聞天之將降大任于是人也、必先勞其觔骨、餓其體膚、你貧賤患難、皆已歷過、何不奮志于學、以俟百戰。生 甲人聲振京闈、名聞天下、海內文籍、莫不該覽、亦可以試書已讀盡無可庸功。曰 官人、自古書囊無底、那有讀得盡的、

沉醉東風 你且對青燈開着簡編、須勵志莫辭

烟花口裡
吐金蓮

勞倦、坐待旦、竟忘眠、坐待旦、竟忘眠、乾乾黽勉、如與那聖賢對面、[合]鳶飛戾天。魚躍在淵。察乎天地。道理只在眼前。[生]

[前腔]看詩書、不覺泪漣、[旦]爲何哭起來、[生]這手澤非爹批點、[旦]若如此不怨父母、方是個好人、[生]想熊膽苦參丸、想熊膽苦參丸、娘親曾勉、今日呵虧殺你再三相勸、[合前]

[生]大姐、夜深了、去睡了罷、[旦]官人豈不聞古

之人懸梁刺股以志于學你今懶惰焉能有
成你且讀書我做些鍼黹陪你

【江兒水】刺繡拈鍼線工夫自勉旃謾配勻五綵
文章炫似補袞高太將雲霞剪皇猷黼黻絲綸
展若論裙釵下賤十指無能羞逞芙蓉嬌面

【生】大姐你聽夜深了

【前腔】玉漏催銀箭金猊冷篆烟【旦】你書到不讀
敢是要睡【生】奈睡魔障眼精神倦你聽紅樓

猶把笙歌按倒金尊秉燭通宵宴〔旦〕你還想紅樓翠館怎麽〔生〕淹倦情懷撩亂聽聲徹檀槽想是曲罷酒闌人散〔旦〕

【玉交枝】你文章不看口支離一刬亂言讀書有三到〔生〕那三到〔旦〕心到口到眼到你書到不讀爲何頻顧殘粧面不思繼美承前〔生〕見你秋波玉溜使我憐一雙俊俏含情眼〔旦〕你不用心玩索聖賢却爲妾又垂青盼〔生〕我的娘誰敎

貪眼爲乞正捨眼做夫人

你生得這樣好、旦
前腔 且把書來收捲、罷罷、爲妾一身、損君百行、
何以生爲、我拚一命、先歸九泉、生 大姐何出
此言、旦 你喜我這一雙眼兒、生 端的一雙俏
眼、旦 我把鸞釵剔損丹鳳眼、羞見不肖迍邅、
生 呀、不好了、涓涓血流如湧泉、潸潸却把衣
沾染、今始信望眼果窠、却教人感傷腸斷、呀、大
姐甦醒、旦

【玉胞肚】我在冥途回轉尚兀自心頭火燃你還只想鳳友鸞交焉得造鷺序鵷班我好癡這般不習上的管他則甚我向空門落髮伊家休得再胡纏紙帳梅花獨自眠

【旦】罷罷我不免自去落髮爲尼你若有志讀書做個好人尚有相見之日若只如此我永不見你了【生】罷罷他婦人家尚然如此立志我何苦執迷如此大姐你不須煩惱小生聞

切莫露出
叫衡經濟

得上國開科，如今就此拜別。若得官回來見你，若不得官，決不見你之面。[旦]如此却妖我有白金十兩，贈君爲盤費。[生]多謝。

[川撥棹]明日別朝金殿，把胸中經濟展。[旦]論所學達者爲先，論所學達者爲先。早成名吾心始安。[生]不成名誓不還。[旦]

[尾聲]孤幃再把重門掩，不堪離恨寄冰絃，斷雨殘雲思黯然。

〔旦〕才郎快着祖生鞭　騰踏飛黃路佔先
〔生〕從此閨人常側耳　泥金帖子好音傳

第三十四齣　射策奪元

〔小生〕〔點絳唇〕金馬神仙、玉堂貴顯、膺天眷、勅賜傳宣、鵠立文華殿、
聖主臨軒日、英才殿試時、下官翰林院曾聯璧、欽命爲考試官、今日正當策試、試士每早到、〔生〕

【前腔】簾捲蝦鬚、扇分雉羽、參鸞馭、虎殿龍墀、口吐虹霓氣、

【小生】試士不得近前、就此跪聽試策、【生】誠惶誠恐、稽首頓首、萬歲萬歲萬萬歲、【小生】皇帝制曰、朕獲承天序、欽若明訓、嚴恭寅畏、十有六載、而大化未流、大朴未復、五刑未措、五教未敷、是用申詔羣公卿士、詳延謹議、爾諸士子大發所蘊、宜悉以對、成著于篇、無隱所識、

都是三家村學究語

朕將親覽、【生】臣鄭元和謹對、

【要孩兒】綱維統御爲天子、綱維統御爲天子、無怠無荒四海歸、色荒內作今亡矣、鼎新革故思安國、鼎新革故思安國、舍己從人納諫辭、言路平如砥、將來可諫、既往難追、

【二煞】返翠華、離蜀地、黑霧消紅日、麗舊邦、其命維新矣、禍消胡虜妖環日、禍消胡虜妖環日、運轉唐堯虞舜時、濟濟來多士、任賢勿貳、去惡無

疑、
三煞馬嵬坡、踐貴妃、雨淋鈴、歌楚辭歸來恐見
奔雲騎風枝露葉如新採、風枝露葉如新採萬
里紅塵進荔枝、此貢當深去、不虐無告、須惜民
脂、
四煞奉祖宗孝可思、接臣下恭可思、孝思不敢
違先世、恭思不敢忽臣下、恭思不敢忽臣下、視
遠唯明不蔽私聽、德唯聰惠、此言呵出于太甲

言豈無稽、

【小生】三叩頭平身試士退班午門外、待下官轉達天聽、暫辭金陛去、拱候玉音來、【下生】

【滴溜子】玉堦下、玉堦下、浩氣吐虹、金闕上、金闕上、輕雲舞鳳、御爐天香浮動、直言對聖君、願期得中、天地無私、文章有用、

【小生同昭容內臣捧冠笏上】【衆】

【雙聲子】午門外、午門外、旗常列、晴霞擁、河堤上、

河堤上、金鼓振、春雷動、桃浪湧、魚化龍、魚化龍、喜天開文運、道展儒宗、

聖旨已到、跪聽宣讀、皇帝詔曰、秀士鄭元和應對詳明、直言無據、極諫無隱、宜居第一、特賜袍笏各一、除授成都參軍、即日赴宴瓊林、教坊司鼓樂頭踏畢日、即便走馬赴任、毋得稽遲、謝恩、【生】萬歲萬歲萬萬歲、【衆】

【尾聲】綠袍昨着君恩重、黃榜初開御墨濃、男兒

到此是豪雄、

【生】龍樓鳳閣五雲迷　對策丹墀日未西

【衆】一色杏花紅十里　狀元歸去馬如飛

第三十五齣　却婚受僕

【淨上】

【燕歸巢】枕流漱石樂閒居、無夢到彤闈、玉堂學士女將笄、令擇婿、我爲媒、

老夫崔尚書是也、榮陽鄭元和、向年被娼家逐出、沿街乞丐、今中了狀元、曾學士有一女、

欲招他爲壻、特央我作伐、我想他與李亞仙如膠似漆、諒不再娶、受人之托、只得與他一說、此間是他寓所、崔興送帖子進去、說崔老爺相訪、【末】狀元新得第、冠蓋遠來迎、【丑】崔老爹相訪、【末】禀老爺、有崔老爺相訪、【生】

【玩仙燈】佳客登門、倒屣出迎、忻幸、

【見科】學生一介寒儒、謬叨首選、私淑教益、感謝不勝、【淨】狀元學問該博、自擅天下之美名、老夫衰朽樗材、敢當教益之虛譽[生]未遑造拜、何當先施、[淨]老夫有一事相告、未知允否、[生]老先生有何事見諭、學生拱聽、[淨]曾學士先生有一令愛、欲招足下爲壻、特浼老夫作伐、萬勿推辭、[生]學生與李亞仙有婚姻之約、老先生所知者、況盟言在耳、豈可相背、[淨]狀元你如今呵、

[梁州序]名魁金榜、身登廊廟、怎戀閑花野草章

亞仙卽妻也卽師也卽朋友也卽父母也怎麼忘得

臺楊柳、爭如玉洞仙桃、那曾學士呵、他愛你偷香韓壽、傳粉潘安、畫眉張京兆、紅絲牽繡幙雀屏高、猶勝龍頭奪錦標、【合】那小姐呵、似玉肌、如花貌、青春二八年猶少休固執、莫推調、

【生】學生流落之時呵、

【前腔】我殘生幾喪、得蒙李亞仙把我微軀重造、不厭瘡痍枯槁、酥滋腸胃、勃然雨起枯苗、勸讀因他剔目、勉我懸頭刺股、勤昏曉扶持、登甲第、

入皇朝豈肯做薄倖區區兒女曹〔淨〕如花似玉的小姐不要錯過了〔合前〕

〔淨〕狀元我有句不知進退的言語對你說

〔前腔〕論先奸律有明條況不可娶而不告這婚姻匪媾把良緣辭了偏愛熟油苦菜飲慣茅柴濁酒經多少不知如蜜味有香醪難道是不飲從他酒價高〔合前〕

〔生〕〔前腔〕惡姻緣弦續鸞膠好恩義理宜旌表願明

王龍錫、五花官誥目下請我父母到來、試看萱
花椿樹、喬木絲蘿、雨露同榮耀、木桃投我也報
瓊瑤、【淨】親事定要成、【生】謾道銀河鵲駕橋、【合前】

【丑】狀元老爺、

【節節高】才高壓俊髦、好英豪、氣凌太華詞源倒、
龍門峭、萬丈高、只一跳、月中丹桂連根拔、【生】這
乃是我母親、夢中詩句、你那知道、【丑】小的還
記得有二句、【生】那二句如何道、【丑】去時荷葉

小如錢、歸來必定蓮花落、[生]

[前腔]我聞言心旆搖、這根苗你緣何却好都知道、[丑]老爺、小的就是來興、[生]來興你爲何在此、[丑]聽哀告、乞恕饒、休煩惱、老爺你忘記了、當初彆我來投靠、如今願得同歸棹、[合前][淨]狀元、這小厮原來是尊使、[生]原是學生家童、[淨]我把這小厮送還狀元、如何、[生]如此多謝老先生、[淨]崔興你跟鄭老爺回去、狀元、人便

有味

還了。這親事成了如何。【生】別事聽從。這親事決不敢奉老先生之命。

【生】玉堂無福做東床　苦李還尋大道傍

【淨】不是一番寒徹骨　爭得梅花撲鼻香

第三十六齣　借發劍門

【旦上】【一剪梅】一自仙郎赴選場。朝暮思量。寢食難忘。羅幃鴛被懶薰香。月冷西廂。花老東牆。

自從鄭郎赴選。不知中否。我縈心掛肚。忽染

小疾又無人看、好悶人也、

【二犯傍粧臺】抱病掩粧奩粉容消瘦、愁黛鎖眉尖、郎別去、芳容減、不見返、悶懷添、只恐朱衣頭不點、又怕魚龍甲未全、藁砧何在山上有山歸期破鏡看新蟾、【生】

【不是路】騶從駢闐塞巷、攔街衆擁觀、【衆皁喝科】【生】左右迴避、【旦】心驚戰緣何鼓吹鬧喧喧、【生】到粧前、【旦】官人回來了、且喜且喜、今得見錦衣

拿班

旋[生]不負卿卿苦勉蔴，家相勸，果然得中青錢選。[旦]使我不勝忻忭，不勝忻忭。

官人自你赴選之後呵，

[降黃龍]我旦夕憂煩。[生]憂甚底，[旦]怕你偃蹇，功名不成空返。今日呵喜登甲第，不枉奴剔目痛言相勸，巇然頭角崢嶸，始遂心頭之願。官人還

有一樁要緊事，自古道不孝有三，無後爲大，

宜當早結婚姻，以奉蒸嘗，無自黯也。你如今

結綬鼎族早成姻眷【生】

【前腔】休言別締良緣我前日求乞街坊自分死于溝壑多賴卿卿救吾殘喘再生恩義願酬以霞帔鳳冠榮顯如今與你同船省親回去早把同心帶綰【旦】官人差矣書中有女顏如玉你今名魁金榜怕無貴戚相扳戀我風塵下賤【生】前日曾學士央崔尚書與我作伐以女妻我那玉堂人曾家招贅卑人若負心呵怎肯

再三辭免

今下官蒙聖恩除授成都參軍即日走馬上任你可收拾行李一同起程〔旦〕

〔黃龍滚〕君今往劍南君今往劍南賤妾難留戀從此分離再不須相見〔生〕大姐爲何出此言〔旦〕當初是我累君故爾剔目激勸今已復君本軀妾亦不相負也願以殘年歸養老母君當自愛妾從此去矣君今貴顯料無所願今永

別、怕牽腸、收淚眼、

生哭科 你若棄我而去、鄭元和要這性命何用、即當刎頸大姐之前、

前腔 微軀賴汝完、微軀賴汝完、恩若天高遠、生死相同、榮辱無殊間、向時剔目賴卿激勉、請收拾鍼線箱并書劍、

旦 相公如此恩情難捨、必不得已、我與母親送你涉江、至于劍門、當令我回、生背云 也罷、

待他送到劒門、再作區處、大姐、請媽媽一面送我到劒門、我自差人送你回來、[旦]既然如此、幾時起程、[生]限期甚促、明日就要行了、

[生]明日下三巴　[旦]何時再返家

[合]劒門千里遠　先過長風沙

第三十七齣　馳驛認丞　[淨上]

[賞宮花]風霜飽諳、千辛博一官、郵亭怏、碌碌宦途間、山寺日高僧未起、算來名利不如閑、

原來老爹也是偷得來的

自家樂道德是也、向年因陪鄭元和赴京科舉、盜得他三四百兩銀子、援例上納承差、除授成都驛驛丞、昨日報說有採訪使來、不免去迎接、［下外］

自家兒子尚不顧說甚毘陵赤子

［出隊子］旌旄前導、旌旄前導、擎捧綸音赴劍南、毘陵赤子苦披榛、手握甘霖施海甸、採訪民情、風化所關、

下官常州刺史鄭儋、蒙聖恩陞任成都府府

尹兼劍南採訪使、與夫人一路行來、劍南將近、宗祿分付後面人夫趲行、

憶多嬌落照邊、古木間、倦鳥知還斂羽翰、白髮烏紗未得閒七十爲官、七十爲官、暮景桑榆汗顏、

淨成都驛驛丞接老爺、外天色晚了、就在成都驛裡歇罷、淨遞脚色手本科外取上來、你是滎陽樂道德、是我鄉里了、起來作揖、淨不

敢〔外〕我是常州鄭刺史〔淨〕原來是鄭老爺向年有孤所托萬罪萬罪〔外〕既往不究不須介意這裡到成都府有多少路〔淨〕已將近了

〔淨〕成都已將近　今夜宿郵亭

〔外〕明朝還早發　王事最關情

第三十八齣　郵亭共宿

〔生上〕

【出隊子】高崖斷磧高崖斷磧凍合彤雲萬木僵饑鴉亂噪雪飛揚驛路迢迢多野況勁節凌霜

的是客途光景

梅花自香。

下官鄭元和蒙聖恩除授成都參軍亞仙母子約定送到劍門就回亞仙亞仙我若無你要這參軍做甚厷且到劍門再作區處左右分付後面人夫趲上 旦貼

憶多嬌 過一山。又一山。山山遠天高烟水寒。兩岸樓臺楓葉丹。回首鄉關。回首鄉關。望斷孤雲惘然

[淨]成都驛驛丞接老爺。[生]天色晚了，就在驛中安歇罷。[淨]驛中已有劍南採訪使老爺在此了。[生]既是親臨上司，我須叅見。[淨]天色晚了，老爺明日見罷。[生]說得是，明早相見。驛丞且迴避。[丑]相公，我已送至此，可打發我回去罷。[生]且待我見過了上司，再作計較。

落日山邊奏暮笳　郵亭駐節暫爲家
信是人間行不盡　天涯更復有天涯

第三十九齣　父子萍逢　【外上】

【西地錦】攬轡澄清天下、星軺玉節交加、【貼】官居採訪關風化、越、教、我、咨、嗟、

【外】呌驛丞打點人夫起程、【淨】禀老爺、人夫齊備了、還有屬官候見、【生】

【前腔】欲向郵亭投刺、下僚當盡其卑、旌旄擁道誇綺麗、經過草木生輝、

驛丞遞帖子進去、【淨】成都參軍禀見、【外】取帖

子上來、成都參軍鄭元和呀、夫人、好古怪那參軍與我孩兒同名同姓、也叫做鄭元和、夫人你且退後、待我着他進來相見、生成都府參軍參見老大人、外起來作揖、參軍且把履歷出身試說與我知道、生老大人聽稟、

【刮鼓令】愚生自幼時習遺經、守學規、領父命長安科試、外中第幾名、生幸登庸占榜魁、外失敬了、原來是新狀元、府上擬定是宦家、生閥閱

到此仍是千里駒矣

舊門楣、[外]令尊也居宦么、[生]家父呵見任常州剌史鄭儋名姓四方知、[外]令堂在么、姓甚么、[生]念老母虞氏相庭幃、[外]入賺聽訢因依、原來是我孩兒、[生]原來是我爹爹、[外]果是吾家千里駒、孩兒我與你父子如初、你母親亦在此、夫人快來、[貼]怍移步蒞蒞、愁思瘴烟迷、[外]孩兒爲官在此、[貼哭科]我親兒在遐陬骨肉重相會、[外]夫人且止悲傷試問伊

諱而不諱甚得告親之体

我兒前日呵吾捶死焉能一旦身榮貴你備陳原委備陳原委

[生]爹爹母親聽禀

[前腔]向在京師流落窮途一命危逢乞丐復醒微息救回歸偶啼饑雪中得遇鳴珂妓爲我遮寒脫繡襦[外]夫人虧了此女[生]多恩惠勉旃別日攻書史遂登科第遂登科第

[棹角兒]受官銜參軍重委赴成都劍門過此幸

椿萱萍水相逢，訴衷曲，頓生懽喜。李亞仙堅求退，兒強之送到此，欲諧婚配。【貼】施恩仗義，當思報取，若不是他每激勵，怎能得今日榮貴。【外】

【前腔】論山雞離披毛羽，配文鴛固難爲對。深池藕扳起汚泥，出墻花喜成連理。恁何恐據分手撇路岐，還相會有緣千里。【合前】

【外】孩兒，鄉里樂道德也在此做驛丞。【生】那驛丞孩兒也道有些面善。【外】就着樂丞爲媒，遣

禮定下、卽在劍門第一館、留他母子暫住、我與你同到成都赴任之後、整備六禮、迎他到府、成親便了、

【尾聲】遣良媒、行聘禮、劍南築室且留伊待赴任成都接彩輿、

宦海萍逢訴曲衷　春生樂意喜匆匆
今宵賸把銀釭照　猶恐相逢是夢中

第四十齣　幇宦重媒

【貼上】

願去再三處見高着

【霜天曉角】魂消驛路、何日還鄉故、【旦】昨夜銀燈結蘂、今朝喜鵲喧呼、【貼】孩兒、聞得鄭老爺差人第一別館留我母子在此、其意不知爲何、【旦】母親事雖如此、我與你只願回去、【淨】

【水底魚】娶婦如何、匪媒不得它、其則不遠、執柯以伐柯、

自家樂道德是也、鄭採訪着我與李大媽說

親、此間是他行館、不免徑入則個、貼樂相公
久別、為何到此、淨薄宦在此、貼原來出仕了、
相公下顧、有何見諭、淨媽媽前日令壻呵、
一封書在驛亭下偶過、遇爹娘感慨多、貼旦他
父母為何到此、淨他父親見任此間採訪使、
衷曲訴始初、旦他父母曉得、敢是怪我了、淨他
感卿卿深愛護、為此特使我來、行聘求婚為内
助、旦他要娶那個為妻、淨要娶你為妻事舅姑

【貼】在那裡成親、【淨】赴成都、往任所、牛、女、雙、星、
夜、渡、河、【旦】
【前腔】蒙擡舉賤奴、笑粧奩衣飾無、【淨】已具有鳳
冠霞帔在此、請收下了禮目、【貼】何當如此鄭
重、納聘禮儘多、喜牆花今結果、追想前情深
有負、【淨】他如今都不計較了、【貼】荒穢包容大丈
夫、【合前】
【淨】我如今就去回覆鄭老爺父子、擇日來迎、

取令愛彩輿【貼】多勞相公終始作成
【貼】二姓姻緣成始終【旦】琴調瑟弄兩和同
【淨】有緣千里能相會　無緣對面不相逢

第四十一齣　泝國流聲

【外上】

【菊花新】宦途骨肉喜相逢花燭筵開喜氣濃【貼】魚水願和同早叶熊羆吉夢

【外】就請樂驛丞作賓相贊禮【淨請科】今宵夫婦喜團圓千里相逢豈偶然舊女婿爲新女

婿、惡姻緣做好姻緣、【生】

【遶地遊】試着宮袍出洞天、重風動鼎噴龍涎、【淨】

【請科】重整新妝下彩樓、舅、姑、初、見、假嬌羞、試

看鳳冠霞帔廝稱、妳、絕勝舞罷錦纏頭、【旦】髻

聳明珠冠纓垂羞面、【小旦】簇擁似神仙、【淨】二位

舊人請、【小旦】二位新人、【淨】新親舊朋友、二位

新人請上花氈、齊眉並立、伏以二姓交懽、一

生諧老、新老爺榮扳仙桂、再休要問柳尋花、

新夫人夢醒高唐，再莫去撩雲撥雨，珊瑚枕上雖然一對新人，紅錦被中各出，兩般舊物，請老爺夫人同拜高堂，[生旦拜科][外]貼

【三學士】海上鰲頭誇獨占，金屋已貯嬋娟，桂開月殿曾高折，柳軃章臺懶再扳，[合]花燭洞房開綺宴，三星燦，二姓歡[生]

【前腔】深鎖陽臺天黯黯，襄王夢斷巫山，飛雲覆雨雖分散，換羽移商反合歡，[合前][旦]

有致

【前腔】之子于歸諧繾綣山雞幸配文鴛願操箕箒從君子羞抱琵琶過別船【合前】【衆】

【前腔】千里相逢償夙願天然骨肉團圓從教白日籠鸚鵡莫把春心托杜鵑【合前】【小生】

【唐多令】丹詔下堯天褒封到劍南

聖旨已到跪聽宣讀奉天承運皇帝勑曰有惡必懲不以貴而少寬有善必勸不以賤而或遺此國家之常典天下之公論也茲者致

辱婦出于名門斯言戲耶眞耶

仕尚書崔完奏稱成都參軍鄭元和妻李氏本係嗚珂妓女乃能剔目毀容勸夫勉學卒底于成雖古先烈女不能踰也茲用封爲汧國夫人嗚呼亂臣間見于世族辱婦每出于名門爾李氏狎邪而白堅貞之志波靡而勵中立之行是則尤人所難者也豈非秉彜之美有不間邪參軍鄭元和任爾成都知所勉矣膺茲寵命孰曰濫哉謝恩〔外貼生旦〕萬歲

萬歲萬萬歲、外天使大人拜揖、小生恭喜賀

喜老大人衆

大環着捧龍章寶篆、捧龍章寶篆、望闕朝天、報荅洪恩、撫綏荒甸、天下文明運轉、海不揚波爭羡、掃胡塵干戈收斂、周南化風行艸偃、麒麟現出、醴泉、看王氣祥雲遶籠金殿、

前腔喜書生弱冠、喜書生弱冠、赴試長安、車馬金裝、盛其服玩、紫府佳娃罕見、遽爾墜鞭屬意、

買笑揮金、暮樂朝歡、早不覺囊空長嘆、娃啚意阿母嫌、看撚出機關悄然拋閃、

餘文唱蓮花六出天、繻護郎寒、劚目歡、汧國夫人元有傳、

匹配本自然　人情信有緣

姻花盟締好　最喜兩團圓

ISBN 978-7-5010-7415-0

9 787501 074150 >

定價：130.00圓